［宋］李清照 著
盛静霞 注析
楼培 整理

知否知否应是绿肥红瘦

李清照诗词

浙江文艺出版社
Zhejiang Literature & Art Publishing House

图书在版编目(CIP)数据

知否知否应是绿肥红瘦：李清照诗词 / (宋) 李清照著；盛静霞注析；楼培整理. — 杭州：浙江文艺出版社，2025. 2.

ISBN 978-7-5339-7490-9

Ⅰ. ①知… Ⅱ. ①李… ②盛… ③楼… Ⅲ. ①李清照 — 宋词 — 诗歌欣赏 Ⅳ. ①I207.23

中国国家版本馆CIP数据核字(2024)第020455号

策划统筹　柳明晔　王宜清
责任编辑　陈兵兵
营销编辑　周　鑫
责任印制　吴春娟
责任校对　牟杨茜
封面设计　安　宁
版式设计　棱角视觉
数字编辑　姜梦冉　诸婧琦

知否知否应是绿肥红瘦：李清照诗词

[宋] 李清照 著　盛静霞 注析　楼培 整理

出版发行　浙江文艺出版社
地　　址　杭州市环城北路177号
邮　　编　310003
电　　话　0571-85176953(总编办)
　　　　　0571-85152727(市场部)
制　　版　浙江新华图文制作有限公司
印　　刷　浙江新华印刷技术有限公司
开　　本　787毫米×1092毫米　1/32
字　　数　135千字
印　　张　8.375
版　　次　2025年2月第1版
印　　次　2025年2月第1次印刷
书　　号　ISBN 978-7-5339-7490-9
定　　价　65.00元

前言

这是一部现代女诗人、词人盛静霞注解宋代女诗人、词人李清照全部存世作品的著作。

李清照是宋代最负盛名的女诗人、词人，在我国几乎家喻户晓。她自署易安室，又号易安居士，齐州章丘（今山东省济南市章丘区西北）人。生于宋神宗元丰七年（1084），逝于宋高宗绍兴二十五年（1155）左右，得年七十多岁。其父李格非，字文叔，熙宁九年（1076）进士，官至礼部员外郎；曾受知于苏轼，为“苏门后四学士”之一。母亲王氏，出身名门，亦善文。

其夫赵明诚，字德父，密州诸城（今属山东省）人，赵挺之幼子，对金石研究颇有兴趣，后来成为有宋著名的金石学家。李清照少有诗名，尤长于词，后人以为婉约之宗，实际上不乏雄奇豪迈的另一面。又有《评词》（题目为近人所加，多题作《词论》）之作，谓词“别是一家”，在文学史上首次为诗词之别立下一块界定双方畛域的碑石，并为词树立起明确严格的标准。除了填词，她也撰写诗歌、散文、骈文等，还工书画，精博弈，亦参与赵明诚的金石考证工作，笔削《金石录》。李清照作品甚富，其诗文集、词集在宋人书目中多有著录，可惜这些集子久已散佚，没有流传下来。

美学家朱光潜题沈祖棻（1909—1977）诗词遗著有句云：“易安而后见斯人。”而著名学者汪东早在民国时期就说过：“中央大学出了两位女才子，前有沈祖棻，后有盛静霞。”盛静霞（1917—2006），字弢青，一字伴鸾，号频伽室。原籍江苏镇江，出生于江苏扬州。幼年时即爱好古典文学，阅读《聊斋志异》《红楼梦》等作品如痴如醉。作文比赛常得第一，有“小冰心”之称号。1936年毕业于扬州中学，考入前国立中央大学中文系，得到吴梅、赵少咸、汪辟疆、胡小石、汪东、唐圭璋、卢前等名师的指点赏识，并参与“雍社”“潜社”的诗词创作活动，盛静霞曾有《中央大学师友轶事琐记》之文回忆追述。1937年抗战全面爆发后，中央大学随国民政府迁往重庆。盛静霞也随校入渝。1940年，她以四十首揭露日寇暴行、表达爱国激愤的新乐府《抗战组诗》代替论文毕业。其后任教于白沙女子中学、中大国文系、中大先修班等。在此期间，盛静霞与蒋礼鸿（字云从，1916—1995）确定恋爱关系。两人艳羡李清照、赵明诚“归来堂斗茶”之乐趣，彼此之间诗词唱和不断，成为“文章知己”，并于1945年7月喜结连理。

抗战胜利后，盛静霞与蒋礼鸿回到南京。但不久蒋礼鸿与同事朱东润、吴组缃、王仲荦等被中央大学中文系莫名解聘。蒋氏偕盛静霞转至杭州，来到复员后的之江大学。词学大家夏承焘先生即在之江任教，他本就是蒋礼鸿关系亲密的恩师，此时盛静霞就迫不及待地前往拜谒，并将自己所填词精华二十八阕都为一册名《碧篠词》者呈请审阅。夏承焘1947年11月25日的日记记载：“早阅盛静霞词卷，为评泊一过，最爱其《鹧鸪天》云‘近来处处成酣睡，何必佳人锦瑟旁’，《蝶恋花》云‘的的心膏煎复煮，信他一刹能明汝’四句。望其能躬行实践，乃是真词人。”

盛静霞先后在之江大学、弘道女中、浙江师范学院、杭州大学任教。1956年加入九三学社，曾任九三学社“文澜艺苑”副会长。在浙江师范学院、杭州大学工作期间，她归属古典文学教研室，曾发表过《关于李煜词的评价问题》《辛弃疾的〈摸鱼儿〉》《怎样欣赏古典诗词》《论李清照》《女诗人朱淑真》《民胞物与的精神——杜甫成为伟大诗人的重要因素》《〈唐诗选〉注解的商榷》《怎样欣赏古典诗词》《我对〈唐诗选〉注释的意见》《杜甫的现实主义精神》《李清照〈浯溪中兴颂碑〉写作年代商榷》等文章。又与夏承焘先生合作《唐宋词选》，该书由中国青年出版社于1959年出版，以后多次重版，印数达数十万册。书中共选注唐五代两宋词约200首，以苏、辛一派为重点，也注意到其他流派与风格，并选取若干民间词，基本上能反映出唐宋词的总体面貌，乃新中国成立后第一部普及性的词选读物，得到学术界的重视与好评，汪东曾致函盛静霞称其“适应今时所需要，去取之间极有斟酌”。后又与陈晓林合著《宋词精华》，该书由贵州人民出版社于1992年印行。盛静霞在教学科研之余亦不废吟咏，继续创作，其诗词集《频伽室语业》于1993年有油印本问世，后又与蒋礼鸿《怀任斋诗词》合璧，2004年由香港天马图书有限公司梓行。浙江大学版《蒋礼鸿全集》出版时，亦附有《频伽室语业》。

由上述可知，盛静霞对唐宋诗词研究有素，其实她对李清照更是情有独钟。本书即为盛静霞注释李清照诗词文全部存世作品的遗著，在她生前身后从未出版过。据提供原稿的蒋盛哲嗣蒋遂老师称，书稿当撰写于20世纪80年代，或是受某出版社委托，但具体情况已无从考索。作者用引有“杭州大学”“杭州大学中文系”“杭州大学教师备课纸”等字样的稿纸誊录了这部书稿，但仍有不少修订改正之处。全书按词、诗、文的顺序排列，对李清照的存世作品均加以注释。惜乎未有序跋，不知底本，但其中利用《乐府雅词》《花庵词选》《草堂诗余》《花草粹编》《词品》《历代诗余》以及冷雪庵本《漱玉词》、四印斋本《漱玉词》、唐圭璋编《全宋词》等多种本子来做校勘，力求精益求精。在注释上则要言不烦，清通简洁，切中肯綮，探骊得珠。又常在注释后予以总结性的串讲、点评，指出文心词眼之所在，使读者能更深刻地理解作家和作品。

在整理过程中，除了录入书稿，对其中明显的讹、倒、脱、衍等以及其他笔误做了径改。有些繁体字或异体字，改为简体规范用字。正文原有小号字注校勘记，为避免语句割裂，现全部移入注释中。注释中涉及地名处，由于区域建制变更，也相应做了改易。注释中的古籍引文，亦根据较为可靠的通行本核对改正。在串讲点评部分，以按语的形式适当补充了《宋词精华》中对相关词作的论述。此外，为了进一步提高读者兴趣、提供背景资料，我们还将盛静霞所撰关于李清照及欣赏古典诗词的数篇论文列入附录，并增补李清照年表、行迹图等。书名原为《李清照集注》，后改为《李清照全集注》，现为了区别于其他注释本李清照集，将本书定名为《知否知否应是绿肥红瘦：李清照诗词》。

本书从整理到出版，端赖视我为忘年之交的蒋遂老师的充分信任，浙江文艺出版社副总编辑柳明晔女史的大力支持，责任编辑陈兵兵博士的辛勤付出，在此一并表示衷心的谢忱。

如所周知，鲁迅、林语堂、张爱玲等小说家在小说研究中，往往更加目光如炬，体贴入微，能发人之所未发。著有《涉江诗稿》《涉江词稿》等诗词集的沈祖棻，也留下了《宋词赏析》《唐人七绝诗浅释》等脍炙人口的鉴赏类作品。与沈氏齐名的盛静霞在《频伽室语业》外，亦有《唐宋词选》《宋词精华》，而这部首次出版的《知否知否应是绿肥红瘦：李清照诗词》，倾注了她的诸多心力精神，是一位当行本色的女诗人、词人对另一位古代著名女诗人、词人作品的体悟解读，其涵泳所得，见解精辟，分析细腻，文字清通，足以使雅俗共赏，各有所获。珠玉蒙尘已久，重新擦拭后会发出它应有的光芒，如今这部从故纸堆中打捞出来而呈现于读者朋友们面前的著作，希冀也会见采于它应有的知音吧。

楼培

二〇二三年十月识于西子湖畔武林门藏修息游庵

（整理者为杭州师范大学宋词研究专家）

词 目录

01

存疑词

诗

文

附录

◦词◦

明 佚名 瑞莲翎毛图

〇一

如梦令

常记溪亭日暮，沉醉不知归路。
兴尽晚回舟，误入藕花①深处。
争渡，争渡，惊起一滩鸥鹭。

① 藕花：荷花。

〇二

如梦令

昨夜雨疏风骤，浓睡不消残酒。
试问卷帘人，却道：『海棠依旧。』
『知否？知否？应是绿肥红瘦！』

这首词以灵活的对话、新颖的词汇，表达了对光阴转换的敏感、美景易逝的叹息。对事物的体会极细，“卷帘人”以为“海棠依旧”，但一夜风雨，海棠花憔悴了，叶子却滋润了。“应是绿肥红瘦”成为名句，辛弃疾也极欣赏，在《满江红》（紫陌红尘）词中，就有“瘦红肥绿”之句。

〇三

点绛唇

寂寞深闺，柔肠一寸愁千缕。
惜春春去，几点催花雨。
倚遍阑干，只是无情绪。
人何处？
连天衰草，望断归来路。

〇四

浣溪沙

莫许杯深琥珀①浓，
未成沉醉意先融，
疏钟②已应晚来风。
瑞脑香消魂梦断，
辟寒金③小髻鬟松，
醒时空对烛花红。

① 琥珀：指酒的颜色如琥珀。唐李贺《将进酒》诗："琉璃钟，琥珀浓，小槽酒滴真珠红。"

② 疏钟：此两字原缺，据《四库全书》本补。培按：本书中此类校勘记原为随文小字注。原稿中未注明辑校所据底本，为存遗稿原貌，对此仍予以保留，只是为读者阅读之便，移至篇末注释中。又按：本书中所称"《四库全书》本"当指文津阁《四库全书》本《乐府雅词》。

③ 辟寒金：发髻上的首饰。三国魏明帝时昆明国贡嗽金鸟，常吐金屑，所以起小屋给它住，叫"辟寒台"。宫人争以所吐之金作为饰物，谓之"辟寒金"。见《拾遗记》。辟，同"避"。

〇五

浣溪沙

小院闲窗春色深，
重帘未卷影沉沉，
倚楼无语理瑶琴。
远岫出云[①]催薄暮，
细风吹雨弄[②]轻阴，
梨花欲谢恐难禁。

① 云：原作“山”，据至正本《草堂诗余》改。

② 弄：作弄，酝酿。

全篇写了很多景物，其中的人，只有“倚楼无语理瑶琴”一句，着墨不多，而孤寂伤感之情自见。

〇六

浣溪沙

淡荡春光寒食天，
玉炉沉水①袅残烟，
梦回山枕隐花钿②。
海燕未来人斗草，
江梅已过柳生绵，
黄昏疏雨湿秋千。

① 沉水：香名，即沉香。是用沉香树所做。据《南越志》说，这种树“木心与枝节不坏，坚黑沉水”。

② “梦回”句：梦醒时头靠枕上。山枕，是一种枕头，形状不详。唐温庭筠《菩萨蛮》词：“山枕隐浓妆，绿檀金凤凰。”隐，凭靠。花钿，嵌金的头上饰物。

明　仇英　汉宫春晓图(局部)

〇七

浣溪沙

髻子伤春懒更梳，
晚风庭院落梅初，
淡云来往月疏疏。
玉鸭熏炉闲瑞脑，
朱樱斗帐掩流苏①，
通犀还解辟寒无②？

①“玉鸭”两句：炉子里没有香，帐子没有挂起。玉鸭熏炉，鸭形的香炉。朱，当作“珠”。珠樱是斗帐上描绘或绣着的花。帐形如斗，故称斗帐。唐温庭筠《偶游》诗：“红珠斗帐樱桃熟。”流苏，穗子。

②“通犀”句：据说有一种能辟寒的犀牛角。《开元天宝遗事》：“开元二年冬至，交趾国进犀一株，色黄如金。使者请以金盘置于殿中，温温然有暖气袭人。上问其故，使者对曰：‘此辟寒犀也。’”《汉书·西域传赞》注：“通犀，中央色白，通两头。”

全篇主要用景物描写暗示凄凉寂寞。“闲”“掩”两字不仅是写香和帐子，更主要的是写人的心情不好。末句说房里冷冰冰，连辟寒犀都失去作用，实际是说心上凄凉无法驱除。

〇八

菩萨蛮

风柔日薄春犹早，夹衫乍着心情好。
睡起觉微寒，梅花鬓上残。
故乡何处是？忘了除非醉。
沉水卧时烧，香消酒未消。

北宋　苏汉臣　靓妆仕女图

○九

菩萨蛮

归鸿声断残云碧，背窗雪落炉烟直。
烛底凤钗明，钗头人胜①轻。
角声催晓漏，曙色回牛斗。
春意看花难，西风留旧寒。

① 人胜：古代以正月七日为人日，用彩绸或金箔纸剪刻成人形，贴在屏风上或插在头上，谓之“人胜”。见《荆楚岁时记》。

这是在人日写的词。“人胜轻”点明是人日，透露了春光已到的消息。但插钗戴胜者却是孤独的。隋薛道衡《人日思归》诗：“人归落（迟于）雁后，思发在花前。”归鸿声断，写鸿，实际是说雁归而人未归。全篇一方面感受到春意，另一方面又暗示人之心情不好，曲折地表达了初春节日怀人的寂寞心情。

一〇 诉衷情

夜来沉醉卸妆迟，梅萼插残枝。
酒醒熏破春睡，梦远不成归。
人悄悄，月依依，翠帘垂。
更挼[①]残蕊，更撚余香，更得些时[②]。

① 挼：揉搓。

② 更得些时：再消遣一些时候。

醉中忘记取下插在头上的梅花，醒来弄花消遣，但又嫌花香熏破残睡，打断归梦。又爱又怨，似不近情理，却细腻地表现了烦恼无聊的情绪。

二

好事近

风定落花深，帘外拥红堆雪。
长记海棠开后，正是[①]伤春时节。
酒阑歌罢玉尊空，青缸[②]暗明灭。
魂梦不堪幽怨，更一声啼鴂[③]。

① 正是：“正”字是多余的。

② 缸：当作“釭”，即灯。

③ 鴂：鸟名。又名“鹈鴂”，亦作“鶗鴂”。暮春时鸣叫。屈原《离骚》：“恐鹈鴂之先鸣兮，使夫百草为之不芳。”

一二

清平乐

年年雪里，常插梅花醉。
挼尽梅花无好意，赢得满衣清泪。
今年海角天涯，萧萧两鬓生华。
看取晚来风势，故应难看梅花。

一三

忆秦娥 桐

临高阁，乱山平野烟光薄。
烟光薄，栖鸦归后，莫[1]天闻角。
断香残酒情怀恶，□□催衬梧桐落。
梧桐落，又还[2]秋色，又还寂寞。

① 莫：暮。

② 又还：还是。

这首词收入《全芳备祖》后集卷十八“桐”门。其实并非专咏梧桐的咏物词，题目“桐”应删。

培按：下阕脱文《花草粹编》作“西风”。

一四

摊破浣溪沙

揉破黄金万点轻，剪成碧玉叶层层。
风度精神如彦辅[①]，大[②]鲜明。
梅蕊重重何俗甚？丁香千结苦粗生[③]。
熏透愁人千里梦，却无情！

① 彦辅：乐广字彦辅，风度很好。《晋书》本传称他“神姿朗彻”。

② 大：太。

③ “丁香”句：丁香千结，指丁香花的蓓蕾未放。唐李商隐《代赠》诗：“芭蕉不展丁香结，同向春风各自愁。”苦粗生，可惜太粗了。生，语助词。

清　赵之谦　桂花图

一五

摊破浣溪沙

病起萧萧两鬓华，卧看残月上窗纱。
豆蔻连梢煎熟水①，莫分茶②！
枕上诗书闲处好，门前风景雨来佳。
终日向人多酝藉，木犀花。

① “豆蔻”句：豆蔻，植物名，子有香气。亦用于制作药物、饮料。唐杜牧《赠别》诗：“豆蔻梢头二月初。”故云“豆蔻连梢”。熟水，宋人常用饮料之一。《事林广记》别集卷七“诸品熟水”，有“豆蔻熟水”云：“白豆蔻壳拣净，投入沸汤瓶中，密封片时用之。”此句诸本原作“热水”，据王学初（培按：即王仲闻，下同）《李清照集校注》改。

② 分茶：泡茶时的一种特殊技术。宋杨万里《澹庵坐上观显上人分茶》诗：“分茶何似煎茶好，煎茶不似分茶巧。蒸水老禅弄泉手，隆兴元春新玉爪（上句说水，下句说茶叶）。二者相遭兔瓯（杯）面，怪怪奇奇真善幻。”

一六

添字采桑子

芭蕉

窗前谁种芭蕉树？阴满中庭。
阴满中庭，叶叶心心，舒卷有余情。
伤心枕上三更雨，点滴凄清。
点滴凄清，愁损离人，不惯起来听。

此词和温庭筠《更漏子》词“梧桐树，三更雨，不道离情正苦。一叶叶，一声声，空阶滴到明”很相似。但温词只是写听，而此词结尾是“起来听”，因为睡在那里听到那些凄凉的声音，更睡不着，更烦恼，只好起来。不能听，却说起来听，意思更多转折。

明　沈周　东庄图册·艇子浜（局部）

一七

武陵春

风住尘香花已尽，日晚倦梳头。
物是人非事事休，欲语泪先流。
闻说双溪[1]春尚好，也拟泛轻舟。
只恐双溪舴艋舟，载不动、许多愁！

① 双溪：水名。在今浙江省西南部。永康、东阳两港的水流至金华城，并入婺江，交江的一段叫双溪。

这是作者在金华的作品。据作者《打马图经序》，作者到金华时，已五十一岁，大乱余生，国破家亡，这就是“物是人非事事休”的时代背景。因为包含了无数伤心事，所以此词与一般伤春词不同。后来《西厢记·长亭送别》：“量这些大小车儿如何载得起”，就是从此词末两句化出。

全词“欲”“先”“闻说”“也拟”“只恐”几个虚词，将词人凄婉心情曲折地表达出来，很能传神。（培按：此段据《宋词精华》补）

一八

醉花阴

薄雾浓云愁永昼，瑞脑销金兽①。
佳节又重阳，玉枕纱厨②，半夜凉初透。
东篱把酒黄昏后，有暗香盈袖。
莫道不消魂，帘卷西风，人比黄花瘦。

① 金兽：用金属做成兽形香炉。

② 纱厨：纱做的帐子。

《琅嬛记》：“易安作此词，明诚叹绝，苦思求胜之，乃忘寝食三日夜，得十五阕，杂易安作以示友人陆德夫，德夫玩之再三曰：‘只有“莫道不消魂”三句绝佳。’”

全篇先渲染秋深气氛，次写把酒赏菊，但并不能消愁。西风卷帘，帘内帘外，人比黄花更憔悴。末三句着墨不多，但此中人多愁善感，情致缠绵，已呼之欲出。（培按：此段据《宋词精华》补）

南宋　朱绍宗　菊丛飞蝶图

一九

南歌子

天上星河转，人间帘幕垂。
凉生枕簟泪痕滋。
起解罗衣，聊问：『夜何其①？』
翠贴莲蓬小，金销藕叶稀②。
旧时天气旧时衣，只有情怀不似旧家时。

① 夜何其：夜里什么时候了？何其，是“如何其”的省略。《诗·小雅·庭燎》：“夜如何其？夜未央（半）。”其，助声虚字，无意义。

② “翠贴”两句：指衣服旧了，上面绣的花暗淡了。翠贴，用翠鸟的毛铺绣在衣服上，古称贴翠、铺翠。金销，金线的颜色消失了。

此词抒发因当前的寂寞凄凉而回忆往日欢乐的感慨。“转”“垂”两字，写守着银河转移方位，看见帘幕静静低垂，透露夜深不寐的凄凉。“旧时天气旧时衣”一句，总束上文，反跌出结句，旧时情怀究竟如何，不言自喻。连用三个“旧”字，从音节上的联系，来增加感情的转折、深入，更突出今昔之异。

二〇

怨王孙

湖上风来波浩渺，秋已暮、红稀香少。
水光山色与人亲，说不尽、无穷好！
莲子已成荷叶老。清[①]露洗、蘋花汀草。
眠沙鸥鹭不回头，似也恨、人归早。

① 清：原作“青”，据《花草粹编》改。

二一

鹧鸪天

寒日萧萧上锁窗①，梧桐应恨夜来霜。
酒阑更喜团茶②苦，梦断偏宜瑞脑香。
秋已尽，日犹长，仲宣怀远③更凄凉。
不如随分尊前醉，莫负东篱菊蕊黄！

① 锁窗：雕刻着像连锁一样的花纹的窗子。锁，又作“琐”。

② 团茶：把茶叶做成饼状。团茶始于宋人丁谓。庆历中蔡君谟（培按：即蔡襄）制小团，元丰中又制密云龙献给皇帝，比小团更精致。曾文昭（培按：此指曾肇，谥文昭）有诗云“制成月团飞上天”，见宋葛立方《韵语阳秋》。

③ 仲宣怀远：王粲字仲宣，东汉末年文学家。当时天下扰乱，王粲旅居荆州（治所在今湖北省襄阳市），著有《登楼赋》，以表达登高望远、怀念故乡之情。

二二

鹧鸪天

桂花

暗淡轻黄体性柔，情疏迹远只香留。
何须浅碧深红色，自是花中第一流。
梅定妒，菊应羞，画栏开处[①]冠中秋。
骚人可煞无情思，何事当年不见收[②]？

① 处：原作“岁”，据冷雪庵本改。培按：“冷雪庵本”指冷雪庵本《漱玉集》。

② “骚人”两句：骚人，指屈原。屈原作品中未及桂花。可煞，疑问词，相当于“可是”。按《离骚》中有：“杂申椒与菌桂兮。”菌桂是一种香木，不是桂花。

二三

玉楼春

红酥肯放琼苞碎，探着南枝开遍未？
不知酝藉几多香，但见包藏无限意。
道人[1]憔悴春窗底，闷损阑干愁不倚。
要来小酌便来休[2]！未必明朝风不起。

① 道人：学道者，作者自指。

② 来休：就来吧！休，动词后作语气词。

清　周璕　进酒图

二四

小重山

春到长门[1]春草青，江梅些子破，未开匀。
碧云笼碾玉成尘，留晓梦，惊破一瓯春[2]。
花影压重门，疏帘铺淡月，好黄昏。
二年三度负东君，归来也，着意过今春。

① 长门：冷宫。司马相如《长门赋序》："孝武皇帝陈皇后，时得幸，颇妒，别在长门宫，愁闷悲思。闻蜀郡成都司马相如天下工为文，奉黄金百斤，为相如、文君取酒。……而相如为文以悟主上，陈皇后复得亲幸。"

② "碧云"三句：碾茶、烹茶、用茶来醒瞌睡。碧云笼是藏茶的器具。云，疑当作"筠"。宋代有团茶，见二一"团茶"注。用时要碾开来，所以说"碾玉成尘"。相传范仲淹有《碾茶歌》："黄金碾畔绿尘飞，碧玉瓯中翠涛起。"有人说绿茶是下品，茶色要白色的好，替他改为"玉尘飞""素涛起"，李词本此。（培按：此典故见于宋陈鹄《耆旧续闻》卷八、刘斧《青琐高议》前集卷九、胡仔《苕溪渔隐丛话》前集卷四六、阮阅《诗话总龟》卷三十）

二五

一剪梅

红藕香残玉簟秋，轻解罗裳，独上兰舟。
云中谁寄锦书①来？
雁字②回时，月满西楼。
花自飘零水自流，一种③相思，两处闲愁。
此情无计可消除，
才下眉头，却上心头④。

① 锦书：织锦的书信。前秦窦滔妻苏蕙，因滔有新欢，绣锦帕寄滔，帕上所绣是回环颠倒都读得通的诗，又称"回文诗"。

② 雁字：雁飞空中，形如人字，故称"雁字"。《汉书·苏武传》载，苏武出使匈奴，被扣留十九年，匈奴诈称武已死，后来汉使知苏武犹在，对单于说："天子射上林中，得雁，足有系帛书，言武等在某泽中。"后人以雁为送信的使者。

③ 一种：一样。唐裴交泰《长门怨》诗："一种蛾眉明月夜，南宫歌管北宫愁。"

④ "才下"两句：宋范仲淹《御街行》词："眉间心上，无计相回避。"

二六

临江仙 并序

欧阳公作《蝶恋花》，有『庭院深深深几许』之句，予酷爱之，用其语作『庭院深深』数阕，其声即旧《临江仙》也。

庭院深深深几许？云窗雾阁常扃。

柳梢梅[1]萼渐分明。

春归秣陵[2]树，人老建康城。

感月吟风多少事？如今老去无成。

谁怜憔悴更凋零。

试灯[3]无意思，踏雪没心情。

① 梅：原作"楼"，据《花草粹编》改。

② 秣陵：地名，与后文"建康"都是指今江苏省南京市。

③ 试灯：宋人以正月十五为灯节，又称"上元"，十三日预先赏灯，称为"试灯"。

这是作者四十四岁到四十六岁之间，在建康所作（参见《金石录后序》）。时宋高宗在建康仓皇即位，也是作者颠沛流离的开始。词中浓厚的感伤气息当由于此。

二七

临江仙

庭院深深深几许？云窗雾阁春迟。
为谁憔悴损芳姿？
夜来清梦好，应是发南枝①。
玉瘦檀轻②无限恨，南楼羌管③休吹。
浓香吹尽有谁知？
暖风迟日也，别到杏花时④。

① 南枝：传说广东大庾岭上的梅树，南枝花落，北枝才开，见白居易《白帖》。后常用南枝代替梅花。

② 玉瘦檀轻：玉、檀，指梅花的瓣和蕊。宋苏轼《梅花》诗："檀心已作龙涎吐，玉颊何劳獭髓医？"檀是赭黄色的香木，所以用来比梅蕊的色香。

③ 羌管：羌人的乐器，又称"羌笛"。《乐府杂录》："笛，羌乐也。有《落梅花曲》。"

④ 时：原作"肥"，据《历代诗余》改。

《梅苑》卷九引此词作曾子宣（培按：即曾布）妻词，赵万里认为据前一首《临江仙》序来看，可以断定是李清照的作品。

明　唐寅　金昌送别图(局部)

二八

蝶恋花

泪湿罗衣脂粉满，
四叠《阳关》[①]，唱到千千遍。
人道山长山又断，潇潇微雨闻孤馆。
惜别伤离方寸乱，
忘了临行，酒盏深和浅。
好把音书凭过雁，东莱[②]不似蓬莱远。

① 四叠《阳关》：唐王维《送元二使安西》诗："渭城朝雨浥轻尘，客舍青青柳色新。劝君更尽一杯酒，西出阳关无故人。"后人以此诗作为送行曲子，称为《阳关曲》。四叠《阳关》，是把王维诗每句唱两遍，一共是四叠。这是宋代的唱法。以前第一句不重复，其余三句都唱两遍，叫作《阳关三叠》。

② 东莱：莱州（在今山东省莱州市一带），指赵明诚当时做官的地方。

李清照《感怀》诗序云："宣和辛丑（1121）八月十日到莱，独坐一室，平生所见，皆不在目前。"可见她在辛丑前未曾到过莱州。词中描写送别场面，当是明诚到莱以后不久之作。

二九

蝶恋花

暖雨晴风初破冻，柳眼梅腮[①]，已觉春心动。
酒意诗情谁与共？泪融残粉花钿重。
乍试夹衫金缕缝，山枕斜欹，枕损钗头凤。
独抱浓愁无好梦，夜阑犹剪灯花弄。

① 柳眼梅腮：柳初生的芽叫柳眼，梅花红红白白像人的腮。这里将柳、梅拟人化，仿佛柳、梅有眼有腮、有情有思，细致地刻画了初春的生意盎然。

此词描写春气虽已萌动，反而更引起离人相思。明知不可能有好梦，仍要玩弄灯花，直到夜阑，极写矛盾苦闷之情。

三〇

蝶恋花

上巳[1]召亲族

永夜[2]恹恹欢意少，空梦长安[3]，认取长安道。
为报今年春色好，花光月影宜相照。
随意杯盘虽草草，酒美梅酸，恰称人怀抱。
醉莫插花花莫笑，可怜春似人将老。

① 上巳：农历三月三日。

② 永夜：长夜。

③ 长安：这里用来指北宋故都汴京（今河南省开封市）。

南宋　赵伯驹　仙山楼阁图

三一

渔家傲

天接云涛连晓雾，星河欲转千帆舞。
仿佛梦魂归帝所[①]，
闻天语，殷勤问我归何处。
我报路长嗟日暮[②]，学诗漫有惊人句[③]。
九万里风鹏正举[④]。
风休住，蓬舟吹取三山[⑤]去。

① 归帝所：回到上帝所住的地方。

② “我报”句：报，回答。路长、日暮，形容前途茫茫。屈原《离骚》：“欲少留此灵琐（天门）兮，日忽忽其将暮。……路漫漫其修（长）远兮，吾将上下而求索。”

③ “学诗”句：漫，空，徒然。唐杜甫《江上值水如海势聊短述》诗：“为人性僻耽佳句，语不惊人死不休。”

④ “九万里”句：《庄子·逍遥游》篇：“鹏之徙于南冥也，水击三千里，抟扶摇（乘大风）而上者九万里。”

⑤ 三山：相传东海有蓬莱、方丈、瀛洲三仙山。

这是抒写幻想的。魂梦登天，与上帝对话。路长日暮是现实中的苦闷，万里鹏飞是对理想的追求。气象开阔，富有浪漫色彩，在李词中别具一格。

三二

渔家傲

雪里已知春信至，寒梅点缀琼枝腻。
香脸半开娇旖旎[1]，
当庭际，玉人浴出新妆洗。
造化可能偏有意，故教明月玲珑地。
共赏金樽沉绿蚁[2]。
莫辞醉，此花不与群花比。

① 旖旎：柔弱貌。

② 沉绿蚁：酒糟上浮，似浮蚁；酒色发绿，故称“绿蚁”。沉绿蚁，斟酒时酒糟下沉。

“雪里”“琼枝”“玉人”“明月”构成一片莹洁气氛，来衬托梅花“不与群花比”的风格。

三三

殢人娇 后亭梅花开有感

玉瘦香浓，檀深雪散①。
今年恨、探梅又晚。
江楼楚馆，云闲②水远。
清昼永、凭阑翠帘低卷。
坐上客来，尊前酒满③。
歌声共、水流云断。
南枝可插，更须频剪。
莫直待西楼、数声羌管。

① “玉瘦”两句：指梅花虽零落，香气还很浓。参看二七“玉瘦檀轻”注。

② 闲：原作“间”，据四印斋本改。培按：“四印斋本”指清王鹏运辑《四印斋所刻词》本《漱玉词》，下同。

③ “坐上”两句：《后汉书·孔融传》：“（融）性宽容少忌，好士，……宾客日盈其门，常叹曰：‘坐上客恒满，尊中酒不空，吾无忧矣！’”这两句是用孔融语来写赏梅的情景。

唐圭璋先生编《全宋词》认为此词不是李作，因为《梅苑》卷九这首词排在李词后面，于是《花草粹编》误作李词。但此词风格、所用词汇都和前面一首《临江仙》（二七）很相似，是李作的可能性很大，因此暂不从唐先生说。

北宋　佚名　乞巧图

三四

行香子

草际鸣蛩，惊落梧桐，正人间天上愁浓。
云阶月地①，关锁千重，
纵浮槎来，浮槎②去，不相逢。
星桥鹊驾③，经年才见，想离情别恨难穷。
牵牛织女，莫是离中，
甚霎儿晴，霎儿雨，霎儿风！

① 云阶月地：唐韦瓘所写、嫁名牛僧孺的《周秦行纪》记载，牛僧孺因迷路，入汉薄太后庙，与古代许多后妃相会，牛咏诗曰："香风引到大罗天，月地云阶拜洞仙。"

② 浮槎：晋张华《博物志》："旧说云，天河与海通。近世有人居海渚者，年年八月有浮槎，去来不失期。人有奇志，立飞阁于槎上，多赍粮，乘槎而去。十余日中，犹观星月日辰，自后芒芒忽忽，亦不觉昼夜。去十余日，奄至一处，有城郭状，屋舍甚严。遥望宫中，多织妇，见一丈夫，牵牛渚次饮之。牵牛人乃惊问曰：'何由至此？'此人具说来意，并问：'此是何处？'答曰：'君还至蜀郡，访严君平，则知之。'……后至蜀，问君平，曰：'某年月日，有客星犯牵牛宿。'计年月，正是此人到天河时也。"

③ 星桥鹊驾：相传乌鹊在七月七日夜里替双星（牛郎、织女）架桥，让他们渡过天河。

三五

孤雁儿

世人作梅词，下笔便俗。予试作一篇，乃知前言不妄耳。

藤床纸帐①朝眠起，说不尽无佳思。沉香断续玉炉寒，伴我情怀如水。笛声②三弄，梅心惊破，多少春情③意。

小风疏雨潇潇地，又催下千行泪。吹箫人去玉楼空④，肠断与谁同倚？一枝折得，人间天上，没个人堪寄⑤。

① 纸帐：纸做的帐子。用藤皮茧纸勒作皱纹，稀布作顶，帐上或画梅花，或画蝴蝶。见《遵生八笺》。

② 声：原作“里”，据四印斋本改。

③ 情：原作“恨”，据四印斋本改。

④ “吹箫”句：相传秦穆公的女儿弄玉，嫁给仙人萧史，萧史教她在楼上吹箫作凤鸣，把凤凰引了来，后来夫妇一道升天而去。见汉刘向《列仙传》。这里指丈夫已死，人去楼空。

⑤ “一枝”三句：用北魏陆凯诗意。陆凯《赠范晔》诗：“折梅逢驿使，寄与陇头人。江南无所有，聊赠一枝春。”

全篇用环境描写构成凄凉气氛，逐步展示心情，从“无佳思”到“情怀如水”，再到“催下千行泪”，非常自然。折得梅花，突然想到已无人可寄，此人已无可寻觅，于是空虚侵入整个心灵。此词当是明诚死后之作。

三六

满庭芳

小阁藏春，闲窗锁昼，画堂无限深幽。篆香[①]烧尽，日影下帘钩。手种江梅更好，又何必、临水登楼。无人到，寂寥浑似，何逊在扬州[②]。

从来知韵胜，难堪雨藉，不耐风揉[③]。更谁家横笛[④]，吹动浓愁。莫恨香消雪减，须信道、迹扫情留[⑤]。难言处，良宵淡月，疏影尚风流。

① 篆香：篆字形的香。

② 何逊在扬州：何逊，南朝梁人。杜甫《和裴迪登蜀州东亭送客逢早梅相忆见寄》诗："东阁官梅动诗兴，还如何逊在扬州。"按：梁天监六年（507）建安王萧伟任扬州刺史，何逊任建安王记室，他又有《早梅》诗，故杜甫如此说。

③ 揉：原作"柔"，据《花草粹编》改。

④ 横笛：笛子曲调中有《落梅花》，故以笛声为落梅先兆。

⑤ 迹扫情留：原作"扫迹情留"，据四印斋本改。这是两个主谓短语，四印斋本是对的。指花虽残，风韵仍留在人的意念中。

三七

满庭芳

芳草池塘，绿阴庭院，晚晴寒透窗纱。
玉钩[①]金锁，管是客来唦！
寂寞樽前席上，惟愁[②]□、海角天涯。
能留否？酴醾落尽，犹赖有梨花[③]。
当年曾胜赏，生香[④]熏袖，活火分茶[⑤]。
□□龙娇马[⑥]，流水轻车。
不怕风狂雨骤，恰才称、煮酒笺花[⑦]。
如今也，不成怀抱，得似旧时那？

① 玉钩：此两字原缺，据《四库全书》本补。

② 愁：原缺，据《四库全书》本补。

③ 梨花：此两字原缺，据《四库全书》本补。

④ 生香：香名。《本草》谓麝香："其香有三等，第一生香，……乃麝自剔出者。"

⑤ 活火分茶：活火，有焰的炭火。唐赵璘《因话录》："（李）约天性唯嗜茶，能自煎，谓人曰：'茶须缓火炙，活火煎。'"分茶，见一五"分茶"注。

⑥ 娇马：宋西湖老人《繁胜录》："诸王府第娇马，或用金鞍、银鞍、绣鞍……"《繁胜录》是南宋时书，可见娇马也是南宋名称，意义未详，可能指贵家养的马。

⑦ 笺花：赏花作诗。笺，原作"残"，据四印斋本改。

元　王振鹏　驭马踏青图(局部)

三八

凤凰台上忆吹箫

香冷金猊①，被翻红浪，起来慵自②梳头。
任宝奁尘满③，日上帘钩。
生怕④离怀别苦⑤，多少事、欲说还休。
新来⑥瘦，非干病酒，不是悲秋！
休休⑦，这回去也，千万遍《阳关》，也则⑧难留。
念武陵人远⑨，烟⑩锁秦楼⑪。
惟有⑫楼前流⑬水，应念我、终日凝眸。
凝眸处，从今又添一⑭段新愁。

① 金猊：金属做成形状如狻猊（狮子）的香炉。参看四五“宝鸭”注。

② 慵自：原作“人未”，据《花庵词选》《草堂诗余》改，以下均同。

③ 尘满：原作“闲掩”。

④ 生怕：最怕。

⑤ 离怀别苦：原作“闲愁暗恨”。

⑥ 新来：原作“今年”。

⑦ 休休：此两字原作“明朝”。

⑧ 则：原作“即”。

⑨ 武陵人远：相传东汉时刘晨、阮肇入天台山采药，迷路，遇二仙女，结为夫妇。见《续齐谐记》。后人常将武陵溪与刘、阮事合二为一，如唐王涣《惆怅诗》：“晨肇重来路已迷，碧桃花谢武陵溪。仙山目断无寻处，流水潺湲日渐西。”武陵溪与陶渊明《桃花源记》无关，大概因刘、阮二人在途中也曾见到桃花，故与桃花源故事相混。这里武陵人即指刘、阮，作者用来借指她的丈夫。人远，原作“春晚”。

⑩ 烟：原作“云”。

⑪ 秦楼：指作者住处。参看三五“吹箫”句注。秦，原作“重”。

⑫ 惟有：原作“记取”。

⑬ 流：原作“绿”。

⑭ 又添一：原作“更数几”。

全部用环境描写突出情绪恶劣。不说是什么原因，却说“非干”什么，“不是”什么；始终没有说明，这就是“欲说还休”。流水可以流到天涯，流到那人的去处，而自己的一片相思是否能随流水到达那人身边，则不可知。然而除与流水相对，更无他法，只有“终日凝眸”而已。写别后闺情，非常深婉。

三九

声声慢

寻寻觅觅，冷冷清清，凄凄惨惨戚戚。
乍暖还寒时候，最[①]难将息[②]。
三杯两盏淡酒，怎敌他、晚来风急！
雁过也，正伤心，却是旧时相识！

满地黄花堆积，憔悴损，如今有谁堪摘？
守着窗儿，独自怎生得黑[③]？
梧桐更兼细雨，到黄昏、点点滴滴。
这次第[④]，怎一个愁字了得！

① 最：原作“正”，据《词品》改。

② 将息：保养。

③ 怎生得黑：怎能挨到天黑？

④ 次第：光景，情况。

《贵耳集》说这是作者丈夫死后之作，就词意看，大概可靠。“寻寻觅觅”是行动，“冷冷清清”是环境，“凄凄惨惨戚戚”是心境；一开头用十四个叠字分三层写，就使人有被愁云惨雾重重包围之感；以下写天气难得将息、淡酒不解愁、雁过、花落、梧桐、细雨、黄昏，无一非愁。全篇从各方面来创造愁的气氛，总括起来，无非是心境与物境的交互影响，但其中变化很多：在韵律方面，除了开篇用大量叠字外，还有意识地选择了很多齐齿音，如：寻、觅、清、凄、戚、将、息、急、积、摘、点、滴、第，都是。同时，冷、清，暖、还、寒，都是叠韵；凄、惨、切，将息、伤心、黄花、憔悴、黄昏、点滴，是双声。齐齿音是比较低沉的，加上许多双声、叠韵的词儿，在音调上也有助于这种缠绵凄婉的感情的表达。

南宋　佚名　寒汀落雁图

四〇

庆清朝慢

禁幄[1]低张，彤阑巧护，就中独占残春。
容华淡伫[2]，绰约[3]俱见天真。
待得群花过后，一番风露晓妆新。
妖娆艳态，妒风笑月，长殢[4]东君。

东城边，南陌上，正日烘池馆，竞走香轮。
绮筵散日[5]，谁人可继芳尘？
更好明光宫殿[6]，几枝先近日边[7]匀。
金尊倒，拚了尽烛[8]，不管黄昏。

① 禁幄：用来防止风雨的帷帐。

② 容华淡伫：容光焕发。淡伫，同“淡荡”。

③ 绰约：姿态美好。《庄子·逍遥游》篇：“藐姑射之山，有神人（神仙）居焉，肌肤若冰雪，淖（通“绰”）约若处子。”

④ 殢：纠缠，撒娇撒痴。

⑤ 散日：宴会散了的日子。《历代诗余》作“散目”，也可通。散，即“散步”“散心”的散，“散目”即纵目尝玩之意。

⑥ 明光宫殿：《广群芳谱》引《晋宫阙记》：“明光殿杏八株。”

⑦ 日边：唐高蟾《上高侍郎》诗：“天上碧桃和露种，日边红杏倚云栽。”

⑧ 尽烛：夜里点烛赏玩，直到烛尽。《草堂诗余》作“画烛”，也可通。

这是咏杏花的词。

四一

念奴娇

萧条庭院，又斜风细雨，重门须闭。
宠柳娇花[1]寒食近，种种恼人天气。
险韵[2]诗成，扶头酒醒[3]，别是闲滋味。
征鸿过尽，万千心事难寄。
楼上几日春寒，帘垂四面，玉阑干慵倚。
被冷香消新梦觉，不许愁人不起。
清露晨流，新桐初引[4]，多少游春意！
日高烟敛，更看今日晴未。

① 宠柳娇花：宠爱着柳，娇养着花。

② 险韵：难韵。作诗时不容易押得稳妥的韵。

③ 扶头酒醒：扶头，易醉之酒，醉则扶头，故名。唐姚合《答友人招游》诗："赌棋招敌手，沽酒自扶头。"宋王禹偁《回襄阳周奉礼同年因题纸尾》诗："扶头酒好无辞醉，缩项鱼多且放馋。"

④ "清露"两句：见《世说新语·赏誉》篇。

此词表现不想出游，但又敌不过春光引诱的矛盾复杂心情。从"斜风细雨""几日春寒"到"新桐初引""日高烟敛"，层层开展，是春在蓬勃生长中的过程，无可压抑的春情也在动荡着。作者把客观、主观、天气、心情结合在一起来写，词意清新，富于生活气息。

四二

永遇乐

落日镕金，暮云合璧①，人在何处？染柳烟浓，吹梅笛怨，春意知几许？元宵佳节，融和天气，次第岂无风雨②？来相召，香车宝马，谢③他酒朋诗侣。

中州④盛日，闺门多暇，记得偏重三五⑤。铺翠⑥冠儿，捻金雪柳⑦，簇带争济楚⑧。如今憔悴，风鬟雾⑨鬓，怕见夜间出去。不如向帘儿底下，听人笑语。

① “暮云”句：南朝梁江淹《拟僧惠休怨别》诗：“日暮碧云合，佳人殊未来。”合璧，就是合拢，“璧”有完整义。

② “次第”句：说天气阴晴没有定准，是向来约游玩的人推托的话。次第，一会儿，顷刻之间。白居易《观幻》诗：“次第花生眼，须臾烛过风。”

③ 谢：辞去。

④ 中州：指北宋都城汴京，即今河南省开封市。河南在古代九州的中心，故称“中州”。

⑤ 偏重三五：偏重，特别看重。三五，即十五，指元宵节。见二六“试灯”注。

⑥ 铺翠：见一九“翠贴”注。

⑦ 撚金雪柳：雪柳，元宵节妇女头上饰物。《宣和遗事》："少刻，京师民有似雪浪，尽头上戴着玉梅、雪柳、闹蛾儿，直到鳌山下看灯。"陈元靓《岁时广记》卷十一："又卖玉梅、雪梅、雪柳、菩提叶及蛾蜂儿等，皆缯楮为之。"雪柳乃绢或纸花，"撚金雪柳"乃于绢纸之外，另加金线捻丝所制。《宋史》卷一百五十三《舆服志五》："诏内庭自中宫以下并不得：销金、贴金……金线撚丝装着衣服。"撚，同"捻"。辛弃疾《青玉案》词："蛾儿雪柳黄金缕，笑语盈盈暗香去。"

⑧ 济楚：齐整，漂亮。

⑨ 雾：原作"霜"，据四印斋本改。

《贵耳集》云"易安……南渡以来，常怀京洛旧事，晚年赋元宵《永遇乐》词"，当指此词。所述元宵情况，当在杭州。上片写景叙事，起笔已流露孤寂之感。下片今昔相比，元宵盛况无甚区别，但作者个人心情大不相同。故国之思，盛衰之感，流离之苦，身心憔悴，而这一切又非一般"香车宝马"者所能了解。因而她只能以"次第岂无风雨"作为借口。上片许多铺排，正是引起伤感的源泉，那些富丽堂皇之词，背后隐藏着无限凄苦。作品委曲地通过元宵不愿出游的描叙，流露了对北宋的怀念。

龢

四三

多丽　咏白菊

小楼寒，夜长帘幕低垂。恨潇潇、无情风雨，夜来揉损琼肌。也不似贵妃醉脸，也不似孙寿愁眉；韩令偷香，徐娘傅粉，莫将比拟未新奇[1]。细看取，屈平陶令[2]，风韵正相宜。微风起，清芬酝藉，不减酴醾。渐秋阑雪清玉瘦，向人无限依依。似愁凝、汉皋解佩，似泪洒纨扇题诗[3]。朗月清风，浓烟暗雨，天教憔悴瘦[4]芳姿。纵爱惜，不知从此，留得几多时？人情好，何须更忆，泽畔[5]东篱。

①“也不似”五句：大意是说，古代许多美人都比不上白菊。孙寿，东汉梁冀之妻，会做媚态，她的化妆，有愁眉、啼妆等，见《后汉书·梁冀传》；韩令，即韩寿，晋人，和贾充的女儿贾午私下恋爱，贾午把御赐奇香偷送给韩寿，被贾充发觉，只好让他们成婚，见《晋书·贾谧传》；南朝梁元帝妃徐昭佩和暨季江私通，季江赞叹说“徐娘虽老，犹尚多情”，见《南史·后妃传》。

②屈平陶令：屈原名平，所著《离骚》中有“夕餐秋菊之落英”；陶潜曾为彭泽令，所著《饮酒》诗有“采菊东篱下，悠然见南山”。二人皆为高士，作品中都提到菊花。陶潜尤其以爱菊著名，故用来比白菊花。

③“似愁凝”两句：刘向《列仙传》：“江妃二女……出游于江汉之湄，逢郑交甫……遂手解佩与交甫，交甫悦受而怀之……二女忽然不见。”相传汉成帝的宫人班婕妤因赵飞燕进谗言，退居长信宫，著有《怨歌行》：“新裂齐纨素，皎洁如霜雪。裁为合欢扇，团团似明月。”因诗中说纨扇“皎洁如霜雪”，故也用来比白菊。

④瘦：原作“度”，据《历代诗余》改。

⑤泽畔：指屈原。《楚辞·渔父》篇：“屈原既放……行吟泽畔。”

四四

点绛唇

蹴罢秋千，起来慵整纤纤手。
露浓花瘦①，薄汗轻衣透。
见有②人来，袜刬③金钗溜。
和羞走，倚门回首，却把青梅嗅。

① 露浓花瘦：形容美人荡完秋千以后，出了汗，有些怯弱，好像瘦弱的花枝上沾着露水。

② 有：原作“客”，据《历代诗余》改。

③ 袜刬：光着袜底，没有穿鞋。南唐李煜《菩萨蛮》词：“刬袜下香阶，手提金缕鞋。”

按：唐韩偓《偶见》诗：“秋千打困解罗裙，指点醍醐索一尊。见客入来和笑走，手搓梅子映中门。”李词全仿此诗。

自《点绛唇》以下九首，赵万里疑其不是李清照的作品，但也未能举出确凿的证据。现仍收录，俟再考。

清　邹一桂　梨花夜月图

四五

浣溪沙

绣幕[①]芙蓉一笑开，
斜偎[②]宝鸭[③]衬香腮，
眼波才动被人猜。
一面风情深有韵，
半笺娇恨寄幽怀，
月移花影约重来。

① 幕：原作“面”，据《历代诗余》改。

② 偎：原作“飞”，据《历代诗余》改。

③ 宝鸭：做成鸭形的香炉。陈仁锡《潜确居类书》：“金猊、宝鼎、宝鸭、金凫，皆焚香器也。”

这是描绘少女约情人幽会的词，写少女特有的内心活动，很细腻。后来《西厢记》中崔莺莺约张生幽会的诗“月移花影动，疑是玉人来”，即源于此。但过去封建士大夫鄙视这类作品，许多人不承认是李氏所作。赵万里根据《金瓶梅》第十三回引了此词没有提出作者姓名，就说：“词意儇薄，不类易安他作（李氏其他作品）。”其实小说引诗词而不说出作者姓名的很多。王灼《碧鸡漫志》攻击李氏“闾巷荒淫之语，肆意落笔”，正足以反证此词为李氏手笔仍有很大可能。

四六

减字木兰花

卖花担上，买得一枝春欲放。
泪染轻匀①，犹带彤霞②晓露痕。
怕郎猜道③，奴面不如花面好。
云鬓斜簪，徒要④教郎比并看。

① 泪染轻匀：形容花上还带着露雨。

② 彤霞：红霞。

③ 猜道：衡量着说，“猜”字在这里是比较、衡量的意思。

④ 徒要：只要，就是要。

清　冯箕　卖花图

四七

采桑子

晚来一阵风兼雨，洗尽炎光。
理罢笙簧，却对菱花淡淡妆。
绛绡缕薄冰肌莹，雪腻酥香。
笑语檀郎[1]，今夜纱橱枕簟凉。

① 檀郎：晋人潘安，小字檀奴，容貌很美，后来就用“檀郎”来作为丈夫、情人的爱称。

四八

怨王孙

梦断漏悄，愁浓酒恼。
宝枕生寒，翠屏向晓。门外谁扫残红？
夜来风。

玉箫声断人何处？
春又去，忍把归期负！
此情此恨此际，拟托行云，问东君。

四九

怨王孙

帝里[①]春晚，重门深院。
草绿阶前，暮天雁断。楼上远信谁传？
恨绵绵！
多情[②]自是多沾惹，难拚舍，又是寒食也。
秋千巷陌，人静皎月初斜，浸梨花。

① 帝里：京城。

② 情：原作“恨”，据四印斋本改。

这首和上一首所用的调子《怨王孙》，有一个特点：虽是小令，却有五个四字句，两个六字句，其中的四个四字句又接连在一起，这都是小令中不多见的。而且换韵四次（晚、院、断一韵，传、绵一韵，惹、舍、也一韵，斜、花一韵），只有两句无韵，其余都有韵。由于四、六字句多，必须用很多短语，如：帝里、春晚、重门、深院（后来元人马致远《天净沙》曲子：“枯藤、老树、昏鸦……”用的短语更多），这就构成了词调的繁音促节。这样的调子，对于表达伤感重重、思绪零乱、不知从何说起的心情是很合适的。

五〇

浪淘沙

帘外五更风，吹梦无踪。
画楼重上与谁同？
记得玉钗斜拨火，宝篆[1]成空！
回首紫金峰[2]，雨润烟浓。
一江春浪醉醒中。
留得罗襟前日泪，弹与征鸿[3]。

① 宝篆：见三六“篆香”注。

② 紫金峰：指紫金山。在今江苏省南京市。

③ 弹与征鸿：把泪弹给征鸿，是要它寄给离别了的人。

南宋　马世昌　银杏翠鸟图(局部)

五一

瑞鹧鸪 双银杏

风韵雍容未甚都①，樽前甘橘可为奴②。
谁怜流落江湖上，玉骨冰肌未肯枯③。
谁教并蒂连枝摘，醉后明皇倚太真。
居士擘开④真有意，要吟风味两家新。

① “风韵”句：大概是赞美银杏，“未”字疑有误。雍容，稳重，大方。都，漂亮。《史记·司马相如列传》说：“相如之（到）临邛（今四川省邛崃市），从车骑雍容闲雅甚都。”“雍容”“甚都”都用《史记》字面。

② “樽前”句：用来下酒的橘子，比起银杏来，只能做它的奴仆，这是说银杏品格高。《襄阳记》：“李衡于龙阳洲种橘千株，敕儿曰：‘吾有木奴千头，不责汝衣食。’”

③ “谁怜”两句：是把银杏拟人化，同时也是作者自比。

④ 居士擘开：居士，作者自指。擘，分。

五二

青玉案

征鞍不见邯郸[①]路，莫便匆匆归去。
秋正[②]萧条何以度？
明窗小酌，暗灯清话，最好留连处。
相逢各自伤迟暮[③]，犹把新诗诵奇句。
盐絮家风[④]人所许。
如今憔悴，但余双泪，一似黄梅雨[⑤]。

① 邯郸：战国时赵都城，今河北省邯郸市。

② 正：原作“风”，据四印斋本改。

③ 伤迟暮：感叹人老了。屈原《离骚》：“恐美人之迟暮。”

④ 盐絮家风：《世说新语·言语》篇：“谢太傅（谢安）寒雪日内集，……俄而雪骤，公欣然曰：‘白雪纷纷何所似？’兄子胡儿曰：‘撒盐空中差可拟。’兄女（即谢道韫）曰：‘未若柳絮因风起。’公大笑乐。”谢家很多人都有文才，谢道韫尤有才名。这里作者以谢道韫自比，说人家称赞她像谢道韫一样家学渊源。

⑤ 黄梅雨：梅子成熟发黄时，雨水很多，叫黄梅雨。贺铸《青玉案》词：“试问闲愁知几许？一川烟草，满城风絮，梅子黄时雨。”

五三

断句

条脱①闲揎②系五丝。

① 条脱：《岁时广记》引《风俗通》："五月五日以杂色线织条脱，一名条达，缠于臂上。"又："五月五日以五彩丝系臂者，辟鬼及兵，令人不病瘟。"五彩丝即条脱，亦名长命缕、续命缕、辟兵缯、五色缕、五色丝、朱索，均见《岁时广记》。培按：此条注释原兼释"五丝"一词，依原稿意，"五丝"即指五彩丝。

② 揎：卷起袖子，露出手臂。

五四

断句

瑞脑烟残，沉香火冷。

存疑词

以下若干首，又见于其他人词集，不一定是李清照的作品，姑附录于此，备参考。

如梦令

谁伴明窗独坐？我共影儿两个。
灯尽欲眠时，影也把人抛躲。
无那，无那，好个凄惶的我！

此词又见于向镐《乐斋词》。

生查子

年年玉镜台，梅蕊宫妆困。
今岁未还家，怕见江南信。
酒从别后疏，泪向愁中尽。
遥想楚云深，人远天涯近。

此词又见于朱希真（培按：即朱敦儒）《樵歌拾遗》。

浣溪沙

楼上晴天碧四垂，
楼前芳草接天涯。
劝君莫上最高梯。

新笋看成堂下竹，
落花都上燕巢泥。
忍听林表杜鹃啼。

此词又见于周邦彦《片玉词》。

五代十国　徐熙　蓉雀图

菩萨蛮

绿云鬓上飞金雀，愁眉翠敛春烟薄。
香阁掩芙蓉，画屏山几重。
窗寒天欲曙，犹结同心苣。
啼粉污罗衣，问郎何日归？

此系牛峤词，见《花间集》。

浪淘沙

素约小腰身，不耐伤春，疏梅影下晚妆新。
袅袅婷婷何样似？一缕轻云。
歌巧动朱唇，字字娇嗔，桃花深处一通津。
怅望瑶台清夜月，还照归轮。

《花草粹编》五引作赵子发词。

品令

零落残红，似胭脂颜色。
一年春事，柳飞轻絮，笋添新竹。
寂寞，幽对小园嫩绿。
登临未足，怅游子归期促。
他年清梦，千里犹到，城阴溪曲。
应有凌波，时为故人凝目。

此词又见于曾慥《乐府雅词》。

品令

急雨惊秋晓。
今岁较、秋风早。
一觞一咏，更须莫负、晚风残照。
可惜莲花已谢，莲房尚小。
汀蘋岸草，怎称得、人情好？
有些言语，也待醉折、荷花向道。
道与荷花，人比去年总老。

《花草粹编》七引与前一阕《品令》衔接，不著撰人。

玉烛新

溪源新腊后，见几朵江梅，剪裁初就。
晕酥砌玉芳英嫩，故把春心轻漏。
前村昨夜，想弄月黄昏时候。
孤岸悄，疏影横斜，浓香暗沾襟袖。

尊前赋与多才，问岭外风光，故人知否？
寿阳谩斗，终不似照水一枝清瘦。
风娇雨秀，好乱插繁华盈首。
须信羌笛无情，看看又奏。

此词又见于周邦彦《片玉词》。

○

诗

○

宋　佚名　江城图

五五

题八咏楼

千古风流八咏楼①，江山留与后人愁。
水通南国三千里，气压江城十四州②。

① 八咏楼：南朝梁时楼名，在今浙江省金华市。原名“玄畅楼”，诗人沈约任东阳太守时，题诗八首于楼上，后改名“八咏楼”。

② 十四州：五代时诗僧贯休见吴越王钱镠，有“满堂花醉三千客，一剑霜寒十四州”之句。后成为歌咏浙江形胜的名句。见尤袤《全唐诗话》。

五六

夏日绝句

生当作人杰，死亦为鬼雄①。
至今思项羽，不肯过江东②。

① 鬼雄：鬼中的英雄。屈原《九歌·国殇》：“魂魄毅兮为鬼雄。”

② “至今”两句：项羽至死不肯渡江逃跑的坚强意志，到现在还教人思念。项羽，楚人，曾领导农民起义，推翻秦政权。后来又和刘邦长期斗争，最后失败，经过乌江（今安徽省和县有乌江浦），乌江亭长劝他渡江到江东去，他说：“纵江东父兄怜而王我，我何面目见之！”就自杀了。见《史记·项羽本纪》。

此诗当作于南渡后，歌颂英雄项羽，实际是讽刺宋高宗的逃跑主义。南宋大词人辛弃疾在《浪淘沙》词中就用了成句“不肯过江东”。后代也有不少人受到此诗启发而加强斗志。

五七

感怀

宣和辛丑八月十日到莱①，独坐一室，平生所见，皆不在目前。几上有《礼韵》②，因信手开之，约以所开为韵作诗，偶得『子』字，因以为韵，作《感怀》诗。

寒窗败几无书史，公路可怜合至此③。
青州从事孔方兄④，终日纷纷喜生事。
作诗谢绝⑤聊闭门，燕寝⑥凝香有佳思。
静中我乃得至交，乌有先生子虚子⑦。

①“宣和”句：宣和，宋徽宗年号。辛丑，宣和三年(1121)。莱，州名，今山东省莱州市。按：本年赵明诚为莱州太守。

②《礼韵》：《礼部韵略》的省称。宋人丁度撰。

③“公路”句：公路，汉末袁术的字。袁术被曹操打败，要到青州去投奔侄子袁谭，路上发病而死。青州、莱州都在今山东省境。

④“青州从事”句：指酒和钱。《世说新语·术解》篇：“桓公有主簿，善别酒，有酒辄令先尝，好者谓‘青州从事’，恶者谓‘平原督邮’。青州有齐郡，平原有鬲县，‘从事’言到脐，‘督邮’言在鬲（膈）上住。”齐和脐、鬲和膈都是谐音字。从事、督邮都是官名。古代铜钱中间有孔，故称钱为“孔方兄”。语出晋鲁褒《钱神论》。

⑤ 谢绝：谓谢绝青州从事和孔方兄。

⑥ 燕寝：私人起居之处。燕，私。唐韦应物《郡斋雨中与诸文士燕集》诗："燕寝凝清香。"

⑦ "乌有"句：乌有、子虚都是没有的意思。乌有先生、子虚子都是司马相如《子虚赋》中假拟的人名，意思是说并无其人。

五八

晓梦

晓梦随疏钟，飘然蹑云霞。
因缘安期生，邂逅萼绿华①。
秋风正无赖，吹尽玉井花②。
共看藕如船③，同食枣如瓜。
翩翩座上客，意妙语亦佳。
嘲辞斗诡辨，活火④分新茶。
虽乏助帝功，游乐莫可涯。
人生能如此，何必归故家？
起来敛衣坐，掩耳厌喧哗。
心知不可见，念念犹咨嗟。

① “因缘”两句：安期生，传说为古代仙人，秦时已活到千岁，到汉代还有人看到他在海上吃像瓜一样的大枣，见《史记·封禅书》。萼绿华，传说古代仙女名。在晋代曾下降羊权家。见陶弘景《真诰》。因缘，“因……的关系”之意。邂逅，不期而遇。这里是说明因安期生的关系，遇见萼绿华。

② 玉井花：唐韩愈《古意》诗：“太华峰头玉井莲，开花十丈藕如船。”魏怀忠《五百家注音辨昌黎先生文集》引韩醇说：“《华山记》云：‘山顶有池生千叶莲花，服之羽化，因曰华山。’”

③ 藕如船：见上“玉井花”注。培按：注释②原稿作“玉井花，藕如船”，现为规范起见，参考原稿之意，予以拆分。

④ 活火：见三七“活火”注。

北宋　赵佶　写生翎毛图(局部)

五九

浯溪中兴颂碑[1]和张文潜[2]韵

五十年功如电扫[3]，华清花柳咸阳草[4]。五坊供奉斗鸡儿[5]，酒肉堆中不知老。

胡兵忽自天上来，逆胡亦是奸雄才[6]。勤政楼[7]前走胡马，珠翠踏尽香尘埃。

何为出战辄披靡，传置荔枝多马死[8]。尧功舜德本如天，安用区区纪文字[9]。

著碑铭德真陋哉，乃令神鬼磨山崖[10]。子仪、光弼不自猜[11]，天心悔祸人心开[12]。

夏为殷鉴[13]当深戒，简策汗青[14]今具在。君不见当时张说最多机，虽生已被姚崇卖[15]。

① 中兴颂碑：唐元结作《中兴颂》，歌颂平定安史之乱的功绩，书法家颜真卿写了这篇颂刻在浯溪崖石上，称为“摩崖碑”。

② 张文潜：宋诗人，名耒。著有《柯山集》，有《读中兴颂碑》诗。李清照这首诗就是和他的韵的。

③ “五十年”句：唐玄宗在位四十四年。宦官高力士曾称他为“五十年太平天子”，见《常侍言旨》。参看六〇“西蜀”两句注。

④ “华清”句：华清，唐代宫名。有温泉，是玄宗和杨妃游幸的所在。咸阳，唐代的国都，当时叫长安，在今陕西省西安市临潼区南骊山上。

⑤ “五坊”句：五坊是专管供给皇帝打猎需要的鹰犬的机构。有雕坊、鹘坊、鹞坊、鹰坊、狗坊。见《新唐书·百官志》。供奉是专司伺候皇帝的官。玄宗最喜欢斗鸡，特设鸡坊，养了上千只的鸡，选小儿五百人训练斗鸡。当时技术最好的贾昌做到五百小儿长，玄宗非常宠爱他。见陈鸿《东城老父传》。

⑥ “胡兵”两句：指安禄山于范阳起兵，攻入长安。逆胡即指安禄山，《旧唐书·安禄山传》：“安禄山，营州柳城杂种胡人也。”

⑦ 勤政楼：全名为勤政务本楼，在兴庆宫中，是玄宗处理政务、颁发诏令和举行大宴会的地方。

⑧ “何为”两句：披靡，军队败亡散乱的样子。传置，驿站。杨贵妃爱吃南海鲜荔枝，用驿马飞递，见《新唐书·杨贵妃传》。这里是说，胡兵入犯，军队之所以打败仗，是由于战马多因送荔枝跑死了。实则是说当时统治阶级奢侈腐败，国力耗损，一旦有了变故，就不能枝梧。送荔枝一事，仅仅是诗人信手拈来作为奢侈腐败的一例而已。

⑨ “尧功”两句：尧、舜功高德厚，不用称颂，用以反衬称颂唐代中兴的无谓。

⑩ “乃令神鬼”句：磨山崖，一称“磨崖”，把文字镌刻在山崖上。神

鬼，意谓山崖高险，《中兴颂》刻在上面，好像神工鬼斧。

⑪ “子仪、光弼”句：郭子仪、李光弼都是平定安史之乱的名将。不自猜，担当平乱的大任，不避猜嫌。自，原作“用”，据《香祖笔记》《浯溪考》改。

⑫ “天心悔祸”句：古代迷信天数，把乱极以后渐趋于安定的原因归之于天意懊悔酿出祸乱，叫作“天心悔祸”。人心开，谓人心想望太平，奋发图治，指上句子仪、光弼等人而说。

⑬ 夏为殷鉴：夏以后是殷，夏的灭亡也就是殷的镜子。《诗·大雅·荡》：“殷鉴不远，在夏后之世。”

⑭ 简策汗青：指历史记载。古人用竹简写字，写的时候，要烘焙一下，让它出汗、发青，容易书写。

⑮ “君不见”两句：张说、姚崇都是唐代名臣。《明皇杂录》：“姚崇与张说同为宰辅，颇怀疑阻，屡以事相侵，张衔之颇切。姚既病，诫诸子曰：‘张丞相与吾不协，衅隙甚深，然其人少怀奢侈，尤好服玩。吾身殁之后，以吾尝同官，当来吊。汝其盛陈吾平生服玩、宝带、重器，罗列于帐前。若不一顾，汝其速计家事，举族无类矣。若目此，则吾属无所虑，便当录其玩用，致于张公，仍以神道碑为请。既获其文，登时便写进御，仍先砻石以待之，便令镌刻。张丞相见事迟于我，数日之后，必当悔。若却征碑文，以刊削为辞，当引使视其镌刻，仍告以闻上。’迄姚既殁，张果至，目其玩服三四，姚氏诸孤悉如教诫。不数日，文成……后数日，果使使取文本，以为词未周密，欲重加删改。姚氏诸子乃引使者示其碑，并告以奏御。使者复命，悔恨拊膺曰：‘死姚崇犹能算生张说，吾今日方知才之不及远矣！’”这两句是说以张说那样机智，还要受人骗，统治者荒淫腐化，就更易被奸邪欺骗，酿成祸乱，这正是应该引为殷鉴的事。

六〇

君不见惊人废兴传天宝[①]，中兴碑上今生草。

不知负国有奸雄，但说成功尊国老[②]。谁令妃子天上来，虢、秦、韩国[③]皆天才。

苑中羯鼓玉方响[④]，春风不敢生尘埃。姓名谁复知安、史，健儿猛将安眠死[⑤]。

去天尺五抱瓮峰[⑥]，峰头凿出开元字。时移势去真可哀，奸人心醜深如崖[⑦]。

西蜀万里尚能返，南内一闭何时开[⑧]？可怜孝德如天大，反使将军称『好在』。

呜呼，奴辈乃不能道辅国用事张后尊[⑨]，乃能念春荠长安作斤卖[⑩]。

① 天宝：唐玄宗年号（742—756）。天宝十四载（755），安禄山起兵于范阳。

② 国老：指郭子仪。子仪收复东都洛阳后，唐肃宗曾说："虽吾之家国，实由卿再造。"见《旧唐书》本传。

③ 虢、秦、韩国：杨贵妃姊妹的封号。大姐为韩国夫人，三姐为虢国夫人，八姐为秦国夫人。

④ "苑中"句：谓玄宗和杨妃等在御花园中演奏音乐。《杨太真外传》："宁王吹玉笛，上羯鼓，妃琵琶，马仙期方响……自旦至午，欢洽异常。"羯鼓，是一种两头都可敲打的鼓，玄宗最擅长击羯鼓。玉方响是一种玉制乐器，十六片玉排成，用小槌敲击。

⑤ "姓名"两句：安、史，安禄山、史思明。史思明是安禄山起兵时的爪牙，安禄山死后，自称"大燕皇帝"。句意谓当时统治阶级醉生梦死，武备不修，对安史叛乱都没有防到。

⑥ 抱瓮峰：就是瓮肚峰。陕西华山云台观的上面有山峰突起，像半个瓮，称为"瓮肚峰"。玄宗很欣赏它，要在峰腹上凿"开元"两个大字，让百里外的人看见，后经谏官劝止。见《明皇杂录》。

⑦ "奸人"句：指李辅国、张后等。见下"辅国用事"句注。魄，原作"醜"（丑），今改。

⑧ "西蜀"两句：南内，即兴庆宫。句意谓玄宗到了万里外的西蜀，还能回来，但回来以后，就永被禁闭了。玄宗从四川回来后，传位给肃宗，住在兴庆宫，名义上是太上皇，实际上已没有权力，很不得意。据《常侍言旨》："玄宗为太上皇时，在兴庆宫，属久雨初晴，幸勤政楼。楼下市人及往来者愈喜曰：'今日再得见我太平天子！'传呼：'万岁！'声动天地。时肃宗不豫，李辅国诬奏云：'此皆

唐　李昭道　明皇幸蜀图

九仙媛、高力士、陈玄礼之异谋也。’下矫诏，迁太上皇于西内，绝其扈从，部伍不过老弱二三十人。及中道，攒刃辉日，辅国统之。太上皇惊，欲坠马数四，左右扶持得免。高力士跃马前进，厉声曰：‘五十年太平天子，李辅国旧为家臣，不宜无礼！’李辅国下马，失其辔。又宣太上皇语曰：‘将士各得好在否？’于是辅国令兵士咸韬刃鞘中……与将士等护侍太上皇平安到西内。”这两句意思说肃宗本来应当孝德如天，可是现在可怜得很，反而要靠高力士传话问“将士各得好在否”来保护太上皇了。

⑨“辅国用事”句：李辅国，唐肃宗的宦官；张后，肃宗的皇后，在平安史之乱中都有一定的功绩，很得肃宗信任，但后来非常专横，离间玄宗和肃宗，肃宗竟做不得主。《唐国史补》：“肃宗五月五日抱小公主，对山人李唐于便殿，顾唐曰：‘念之勿怪！’唐曰：‘太上皇亦应思见陛下！’肃宗涕泣。是时张氏已盛，不由己矣！”又《新唐书·李辅国传》：“辅国因妄言于帝曰：‘太上皇居近市，交通外人，玄礼、力士等将不利陛下，六军功臣反侧不自安，愿徙太上皇入禁中。’帝不寤。”可见肃宗受张后、李辅国的挟持和蒙蔽。

⑩“乃能念”句：高力士被贬到巫州，山里有很多荠菜，当地人不知道是可以吃的。高作诗道：“两京作斤卖，五溪无人采。夷夏虽有殊，气味终不改。”表达他忠于玄宗的心始终不变。见《明皇杂录》。

这两首都以唐代故事为题材，借古讽今。第一首指出由于玄宗荒淫奢侈，以致昏聩糊涂，被奸人所欺而不觉，不能励精图治，终于酿成大祸，后代统治者应引以为戒。

第二首着重抒发了对天宝以后统治者内部倾轧激烈，肃宗被张后、李辅国等挟持，幽禁玄宗于西内这一段事实的感慨。实际是用历史事实影射宋高宗顾虑徽、钦二帝回来，皇帝做不成，因而宁愿向敌人屈膝求和，不肯北伐。据《朝野遗记》：“和议成，显仁后（韦后）将还，钦庙（钦宗）挽其轮而曰：‘蹕之，第与吾南归，但得为太一宫主足矣！他无望于九哥（指高宗）也。’后不能却，为之誓曰：‘吾先归，苟不迎若，有瞽吾目！’乃升车。既至，则是间所见大异。不久，后失明。”可见钦宗也深知高宗怕他回来争位，而韦后回来后，看到情况果然不妙，竟不敢实践誓言，高宗想投靠敌人来巩固自己最高统治者的地位，其用心是很明显的。诗中指斥“奸人”，当是暗指秦桧等人，这些人是逢迎高宗意旨，与之狼狈为奸的。后来文徵明也写了《满江红·题宋思陵与岳武穆手敕墨本》词，下半阕：“岂不念中原蹙？岂不惜徽、钦辱？但徽、钦既返，此身何属？千古休谈南渡错，当时自怕中原复。笑区区一桧亦何能，逢其欲！”该词就是揭露南宋最高统治者的丑恶灵魂的，可与此诗参看。

六一

咏史

两汉本继绍[①]，新室[②]如赘旒[③]。

所以嵇中散[④]，至死薄殷、周[⑤]。

① “两汉”句：封建社会的正统观念，以为东汉接续西汉，是一脉相承的，是合理的。

② 新室：王莽篡汉后，国号“新”。

③ 赘旒：缀在旌旗上的装饰品。比喻多余的东西。《公羊传·襄公十六年》：“君若赘旒然。”

④ 嵇中散：晋人嵇康字叔夜，官至中散大夫。

⑤ 薄殷、周：看不起殷、周。殷、周两代推翻旧王朝而建立新王朝，其第一代君主商汤和周武王都是革命的领袖，而后来篡夺君位的，都自称“革命”，实际上只是改朝换代。按：嵇康《与山巨源绝交书》自称“非汤、武而薄周、孔”，就是“薄殷、周”句所本。嵇康云“薄周、孔”，实际是反对司马昭图谋篡魏。

六二

分得知字韵

学诗三十年，缄口不求知。

谁遣好奇士，相逢说项斯[1]。

① 项斯：唐代诗人。因杨敬之赠诗“几度见诗诗尽好，及观标格胜于诗。平生不解藏人善，到处逢人说项斯”而得名。

六三

夜发严滩①

巨舰只缘因利往，
扁舟亦是为名来②。
往来有愧先生德③，
特地通宵过钓台。

① 严滩：东汉人庄光，后来因避汉明帝讳改为严光，字子陵，年轻时和光武帝同游学，光武帝即位后，找他来做官，他隐居富春山不出，种田钓鱼，一直到死。后人称他钓鱼的地方为“严陵濑”，亦称“严滩”“钓台”。

② “巨舰”两句：说来往的船只都是为名为利。《史记·货殖列传》：“天下熙熙，皆为利来；天下攘攘，皆为利往。”

③ 先生德：宋洪迈《容斋五笔》：“范文正公守桐庐，始于钓台建严先生祠堂，自为记……歌词云：‘云山苍苍，江水泱泱，先生之德，山高水长。’”

中朝第一人[27]，春官有昌黎[28]，身为百夫特[29]，行足万人师[30]。

嘉祐[31]与建中[32]，为政有皋、夔[33]，匈奴畏王商[34]，吐蕃尊子仪[35]，

夷狄已破胆，将命公所宜。公拜手稽首[36]，受命白玉墀，

曰：『臣敢辞难，此亦何等时？家人安足谋，妻子不必辞。

愿奉天地灵，愿奉宗庙威，径持紫泥诏[37]，直入黄龙城[38]。』

单于定稽颡[39]，侍子[40]当来迎。仁君方恃信[41]，狂生休请缨[42]。

或取犬马血[43]，与结天日盟[44]。

六四

上枢密韩公①、工部尚书胡公②

绍兴癸丑③五月，枢密韩公、工部尚书胡公使虏，通两宫④也。有易安室⑤者，父祖⑥皆出韩公门下。今家世沦替⑦，子姓⑧寒微，不敢望公之车尘⑨。又贫病，但神明未衰落。见此大号令⑩，不能忘言，作古、律诗各一章，以寄区区⑪之意，以待采诗者⑫云。

三年夏六月，天子视朝久，凝旒⑬望南云，垂衣⑭思北狩⑮。

如闻帝若曰：『岳牧与群后⑯，贤宁无半千，运已遇阳九⑰。

勿勒燕然铭⑱，勿种金城柳⑲。岂无纯孝臣，识此霜露悲⑳？

何必羹舍肉㉑，便可车载脂㉒。土地非所惜，玉帛㉓如尘泥。

谁当㉔可将命？币厚辞益卑。』四岳佥㉕曰：『俞㉖，臣下帝所知。』

① 枢密韩公：指韩肖胄，官拜端明殿学士、同签书枢密院事，本年出使金国。韩临行时，奏说："大臣各循己见，致和战未有定论。然和乃权时之宜，他日国家安强，军声大振，誓当雪此仇耻。今臣等行，或半年不返命，必复有谋，宜速进兵，不可因臣等在彼而缓之也。"后来屡次陈述作战策略，并且认为"山东、关河之民，怨金人入骨，当以安集流亡，招怀归附为先"，是一个有政治远见的人。见《宋史》本传。

② 工部尚书胡公：指胡松年，是这次出使金国的副使。他生平最恨秦桧，至死不和秦桧通一信，因此为人所重。见《宋史》本传。

③ 绍兴癸丑：宋高宗绍兴三年（1133）。

④ 两宫：指被金人俘虏去的徽宗、钦宗。

⑤ 易安室：古代称人之妻为室，这里疑是表明自己寡妇身份的称呼。

⑥ 父祖：李清照父格非，字文叔。祖未详。

⑦ 沦替：衰败。

⑧ 子姓：子孙。

⑨"不敢"句：谓地位悬殊，不敢接近韩肖胄。

⑩ 大号令：朝廷所发出的重要命令，即指韩、胡出使金国的事。

⑪ 区区：恳切的意思。

⑫ 以待采诗者：《汉书·艺文志》："故古有采诗之官，王者所以观风俗，知得失，自考正也。"古代统治者设置采诗之官的目的是听取意见，作为政治设施的参考。作者在这里也希望通过诗篇把意见上达于执政者。

⑬ 凝旒：天子戴的冠称为"冕"，冕前后垂挂的玉称为"旒"。凝，是不动的意思。凝旒，就是端坐。

⑭ 垂衣：《易·系辞》："黄帝、尧、舜垂衣裳而天下治。"也是端坐的

意思。

⑮ 北狩：狩，巡狩，天子到诸侯之国去巡视。这里讳言徽、钦被俘，说他们是到北方巡狩去了。

⑯ “岳牧”句：古代四方诸侯之长称为“岳”，九州之长称为“牧”，诸侯称为“后”。这里指朝廷大臣。

⑰ “贤宁”两句：《旧唐书·员半千传》：“少与齐州人何彦先同师事学士王义方，义方嘉重之，尝谓之曰：‘五百年一贤，足下当之矣。’”宁，难道。句意谓，难道没有应时而出的贤才替皇帝分忧吗？阳九，又称“百六阳九”。古代历法家的说法，四千六百一十七年叫作“一元”，一元中开头的一百零六年中有九年旱灾，称为“阳九”。见《汉书·律历志》。后泛指有灾难的年代。

⑱ 燕然铭：后汉时大将窦宪打败匈奴，登燕然山（今蒙古国境内的杭爱山），勒（刻）石纪功而还。见《后汉书》本传。

⑲ 金城柳：晋人桓温北伐，经过金城（治今甘肃省兰州市西北），看见过去种的柳树，都已经有十围粗了，就流下泪来。见《世说新语·言语》篇。以上两句谓宋高宗不要抗金北伐。

⑳ “岂无”两句：《礼记·祭义》：“霜露既降，君子履之，必有凄怆之心，非其寒之谓也；春，雨露既濡，君子履之，必有怵惕之心，如将见之。”原意谓君子踏到霜露，就悲哀地想起已死的父母亲。这里是用高宗的语气说：“难道没有纯孝的臣子了解我想念徽、钦二帝的悲哀吗？”这时徽、钦尚未死，高宗以抗金将不利于二帝为借口来掩盖求和屈辱的政策。

㉑ “何必”句：《左传·隐公元年》：“颍考叔……有献于公（郑庄公），公赐之食。食舍肉，公问之，对曰：‘小人有母，皆尝小人之食矣，未尝君之羹，请以遗之。’……君子曰：‘颍考叔，纯孝也，爱其母，施及庄公。’”这里是用宋高宗的语气和韩、胡说，不必像颍考叔那样怀念家人，意谓：就可以出发了。和上文“岂无纯孝臣”，以及下文“家人安足谋，妻子不必辞”都有联系。

㉒ 车载脂：《诗·邶风·泉水》："载脂载辖，还车言迈。"意思是：用油脂涂车，装上车轴头的铁，车子就可以远行了。这里是说让使者出发，去探问徽、钦二宗，实际是去求和。

㉓ 玉帛：指讲和时所送去的物资，金玉绸帛之类。

㉔ 谁当：谁。古乐府《艳歌行》："故衣谁当补？新衣谁当绽？"白朴《梧桐雨》第一折《甘州曲》："却是吾当有幸，一个太真妃倾国倾城。""当"是代词后附的语助词。

㉕ 佥：都。

㉖ 俞：是，然也。

㉗ "中朝"句：唐肃宗宰相李揆，口才、风度都很好。肃宗曾赞叹说："卿门第、人物、文学皆当世第一。"后来出使吐蕃，吐蕃酋长问他："闻唐有第一人李揆，公是否？"李揆怕被强留，就骗他说："彼李揆安肯来邪？"见《新唐书》本传。后来苏轼《送子由使契丹》诗有"单于若问君家世，莫道中朝第一人"的句子。中朝，就是朝内。

㉘ "春官"句：春官，就是礼部尚书，韩愈曾任此职。又韩愈世称"韩昌黎"，韩肖胄与韩愈同姓，所以称之为"昌黎"。

㉙ 百夫特：许多人中最特出的。《诗·秦风·黄鸟》篇："维此奄息(人名)，百夫之特。"

㉚ "行足"句：行为足够做万人的师表。

㉛ 嘉祐：宋仁宗年号（1056—1063）。

㉜ 建中：指建中靖国，宋徽宗年号。

㉝ 皋、夔：皋陶和夔，舜时的贤臣。用以比喻嘉祐、建中靖国年间的贤臣。所指不详。

㉞ 王商：汉成帝的宰相。身材魁梧，很有威望。单于来朝，看到王商，非常敬畏。成帝赞叹说："此真汉相矣！"见《汉书》本传。

㉟“吐蕃”句：《新唐书·郭子仪传》：“子仪使谕虏曰：‘……今乃弃旧好，助叛臣，一何愚！……’回纥曰：‘本谓公云亡，不然，何以至此？今诚存，我得见乎？’子仪将出，左右谏：‘戎狄野心，不可信！’子仪曰：‘虏众数十倍，今力不敌，吾将示以至诚！’左右请以骑五百从，又不听，即传呼曰：‘令公来！’虏皆持满待。子仪以数十骑出，免胄见其大酋……回纥舍兵下马拜曰：‘果吾父也！’……结欢誓好如初。……子仪遣将白元光合回纥众……破吐蕃十万于灵台西原。”这里“吐蕃”是“回纥”之误。

㊱拜手稽首：都是行礼的仪式。拱手至地，头跟着俯到手叫“拜手”；头碰到地好半晌才举起来，叫“稽首”。

㊲紫泥诏：用紫色印泥封的诏书。

㊳“直入”句：岳飞曾说过：“直抵黄龙府，与诸君痛饮尔！”黄龙，府名，是金人的都城。在今吉林省农安县。

㊴稽颡：没有节度地以头触地。颡，额头。

㊵侍子：诸侯或附属国的君主，把他的儿子送来侍卫皇帝叫“侍子”。

㊶“仁君”句：谓宋高宗正在以“信约”为可靠。

㊷请缨：请求去和敌人作战。《汉书·终军传》：“军自请，愿受长缨，必羁南越王而致之阙下。”缨，系马的绳子。羁，替马加上笼头。《汉书》则谓用缨把南越王捆缚而来。

㊸犬马血：古人订盟时，要用牲畜的血在嘴上涂一下，表示这是对神讲的话，决不失信。

㊹天日盟：永远不会背弃的盟约，以天和太阳为证。

六五

又

胡公清德人所难[1]，谋同德协心志安。脱衣已被汉恩暖[2]，离歌不道易水寒[3]。皇天久阴后土湿，雨势未回风势急。车声辚辚马萧萧[4]，壮士懦夫俱感泣。闾阎[5]嫠妇[6]亦何知，沥血投书干记室[7]。夷虏从来性虎狼[8]，不虞预备庸何伤[9]？柬甲昔时闻楚幕[10]，乘城前日记平凉[11]。葵丘践土非荒城，勿轻谈士弃儒生[12]。露布词成马犹倚[13]，崤函关出鸡未鸣[14]。巧匠何曾弃樗栎，刍荛之言[15]或有益。不乞隋珠与和璧[16]，只乞乡关新信息。灵光[17]虽在应萧萧，草中翁仲[18]今何若？遗氓岂尚种桑麻？残虏如闻保城郭。嫠家父祖生齐鲁，位下名高人比数[19]。当时稷下[20]纵谈时，犹记人挥汗成雨[21]。子孙南渡今几年，飘流遂与流人伍。欲将血泪寄山河，去洒青州一抔土。

① 人所难：人所难能，即别人做不到。

② “脱衣”句：受到皇帝的恩惠。《史记·淮阴侯列传》：“汉王……解衣衣我，推食食我，言听计用。”

③ “离歌”句：《史记·刺客列传》：荆轲为燕太子刺秦王，“太子及宾客知其事者，皆白衣冠以送之，至易水之上，既祖取道，……士皆垂泪涕泣。又前而歌曰：‘风萧萧兮易水寒，壮士一去兮不复还！’”

④ “车声”句：唐杜甫《兵车行》：“车辚辚，马萧萧。”辚辚，车行声。萧萧，马鸣声。

⑤ 闾阎：里门。这里是市井小民之意。

⑥ 嫠妇：寡妇。

⑦ 干记室：干，冒犯。记室，是管书记的官。这里用来指韩肖胄和胡松年。

⑧ “夷虏”句：唐德宗贞元三年（787），遣浑瑊与吐蕃结盟。德宗在朝廷上对宰相道：“和戎息师，国之大计，今日将士与卿同欢。”柳浑道：“人面兽心，难以信结。今日盟约，臣窃忧之。”当日夜里，果然传来吐蕃劫盟消息。见《旧唐书·柳浑传》。见下“乘城”注。

⑨ “不虞”句：防备有意外的事发生，又有什么不好呢？不虞，不曾想到的事。

⑩ “衷甲”句：衷甲，把甲穿在衣服里。春秋时，晋人和楚人订盟，楚人衷甲。见《左传·襄公二十七年》。这件事说明，楚人订盟，并无诚意。

⑪ “乘城”句：《新唐书·吐蕃传》记载：贞元元年（785），吐蕃大相结赞背弃盟约，侵犯泾、陇、邠、宁等州，攻陷盐、夏。次年，因兵势不利，惧而请和，托辞说，本为讨取帮助平朱泚之乱的功赏而来，到了泾州，“泾州乘城自

保，凤翔李令（李晟）不纳吾使……我故引还。盐、夏守将惧吾众，以城丐我，非我敢攻也，若天子复许盟，虏之愿也”。唐使浑瑊为盟会使，和结赞订盟于平凉，结赞又在会盟时攻袭唐使，拘留唐官六十人，杀死唐兵五百人，捉住一千多人，浑瑊几乎被杀。乘，登。诗用此事，作为异族背盟的鉴戒。

⑫“葵丘”两句：春秋时诸侯结盟于葵丘和践土。《左传·僖公九年》：“秋，齐侯盟诸侯于葵丘。”《左传·僖公二十八年》：“五月癸丑，公（鲁僖公）会晋侯、齐侯、宋公、蔡侯、郑伯、卫子、莒子，盟于践土。”荒城，就是荒于守备。荒，作动词。这两句是说：不要因为结了盟约而怠于守备，不要轻视那些说客和摒弃书生，他们可能发生作用。下面“露布”两句就是书生和所养之客发生了作用的例子。“谈士”“儒生”都是李清照自指，希望胡松年采纳她的意见。

⑬“露布”句：露布，告捷的文书。《世说新语·文学》篇：“桓宣武北征，袁虎时从，被责免官。会须露布文，唤袁倚马前令作。手不辍笔，俄得七纸，殊可观。”

⑭“崤函”句：《史记·孟尝君列传》：“（秦）昭王释孟尝君。孟尝君……夜半至函谷关。秦昭王后悔出孟尝君，……关法：鸡鸣而出客。孟尝君恐追至，客之居下坐者，有能为鸡鸣，而鸡尽鸣，遂发传出。”函谷关在陕西东部，是秦国边界，附近有崤山，所以又称“崤函”。

⑮ 刍荛之言：《诗·大雅·板》：“先民有言，询于刍荛。”刍荛，割草、砍柴的人。

⑯ 隋珠与和璧：隋侯之珠、和氏之璧，都是稀有的珍宝。《淮南子·览冥训》：“譬如隋侯之珠、和氏之璧，得之者富，失之者贫。”高诱注：“隋侯，汉东之国，姬姓诸侯

也。隋侯见大蛇伤断，以药傅之，后蛇于江中衔大珠以报之，因曰‘隋侯之珠’，盖明月珠也。”《韩非子·和氏》篇：“楚人和氏得玉璞楚山中，奉而献之厉王。厉王使玉人相之，玉人曰：‘石也。’王以和为诳，而刖其左足。及厉王薨，武王即位，和又奉其璞而献之武王。武王使玉人相之，又曰：‘石也。’王又以和为诳，而刖其右足。武王薨，文王即位。和乃抱其璞而哭于楚山之下，三日三夜，泣尽而继之以血。……王乃使玉人理其璞，而得宝焉。遂命曰‘和氏之璧’。”

⑰ 灵光：殿名。汉代鲁恭王刘余所建。王莽乱后，西汉一些有名的宫殿都败坏了，只有灵光殿还存在。这里指北宋的故宫。

⑱ 翁仲：宫殿里的铜人。《史记·秦始皇本纪》记载：始皇二十六年（前221）收集天下兵器（古代是铜铸的）销铸为十二个铜人，放在宫廷里。张守节《史记正义》引谢承《后汉书》：“铜人，翁仲其名也。”

⑲ “位下”句：地位虽然低下，但声望很高，人家都拿他作为评衡人物时比较的标准。数，计算有多少人物。

⑳ 稷下：地名。战国时齐宣王在稷下聚集了很多学者，如淳于髡、慎到、环渊、接子、田骈、驺奭等，在一起谈论。见《史记·孟子荀卿列传》。

㉑ 挥汗成雨：《战国策·齐策》记载苏秦称述齐都城临淄的盛况说：“举袂成幕，挥汗成雨。”这里形容听的人很多，也表示议论高超，听者惊讶出汗。

六六

又

想见皇华[①]过二京[②]，壶浆[③]夹道万人迎。
连昌宫[④]里桃应在，华萼楼[⑤]头鹊定惊。
但说帝心怜赤子，须知天意念苍生。
圣君大信明如日[⑥]，长乱何须在屡盟[⑦]！

① 皇华：《诗·小雅·皇皇者华》首章："皇皇者华，于彼原隰。駪駪征夫，每怀靡及。"这是一篇慰劳、欢迎使臣的诗，所以"皇华"就成了使臣的代称。

② 二京：指北宋的东京（即汴京，北宋的首都。今河南省开封市）和西京（今河南省洛阳市）。宋代有四京，还有南京（今河南省商丘市）、北京（今河北省大名县）。《宋史·地理志一》："盟津、荥阳、滑台、宛丘、汝阴、颍川、临汝在二京之交。"这些地方都在河南省，可知二京指东、西两京。

③ 壶浆：用壶盛了汤水，来欢迎、慰劳。《孟子·梁惠王》篇："箪食（竹器里盛了饭）壶浆，以迎王师。"

④ 连昌宫：在今河南省宜阳县，是唐玄宗和杨妃常来游玩的

地方。唐诗人元稹《连昌宫词》："连昌宫中满宫竹，岁久无人森似束。又有墙头千叶桃，风动落花红簌簌。"

⑤ 华萼楼：在长安。是唐玄宗经常和他的弟兄们在一起宴会的地方。《诗·小雅·常棣》篇："常棣之华（同"花"），鄂不（同"萼跗"）韡韡。"说兄弟友好像华萼互相依附。楼名就取这个意思。以上两句，想象宋两京故宫的情况。

⑥ 明如日：信义昭著。《诗·王风·大车》篇："谓予不信，有如皦（光明）日。"

⑦ "长乱"句：多次订盟，并无诚意，势将因此滋长祸乱，这是何必呢？

以上三首诗，都是送韩肖胄、胡松年出使的诗。序言说："古、律诗各一章。"实际古诗有两首。第一首分四段。第一段从开始到"思北狩"，叙述宋高宗思念被俘的徽、钦二宗，是诗的引子。第二段从"如闻帝若曰"到"将命公所宜"，叙派遣使臣，君臣对话。第三段从"公拜手稽首"起，到"直入黄龙城"，叙使臣向天子告辞。第四段从"单于定稽颡"起，到结尾，是作者对使者讲的话。诗中揭露了高宗不惜对敌百计屈膝求和，而表面上却装成一个大大的"孝子"，为了父母不惜牺牲一切的卑鄙心理。最后又提出：我们的"仁君"认为"信义"是完全可靠的，你们这些狂生不必去请缨了！这分明和使臣说："皇帝既然要讲和，你们就识相点算了！"实际上是说反话，把这里和末一首律诗"圣君大信明如日，长乱何须在屡盟"联系起来看，就知道作者对"结盟"是如何愤慨了。《宋史·陈与义传》："（绍兴）六年九月高宗如平江。……七年……赵鼎言：'人多谓中原有可图之势……'上曰：'今梓宫与太后、渊圣皆未还，若不与金议和，则无可还之理。'"可见高宗始终以孝道来掩护向敌人屈辱求和的卑鄙心理，可以作为本诗的佐证。

第二首是陈辞于韩、胡二人的。诗中警告使臣“胡虏从来性虎狼”，要他们多做准备。这不仅是对使臣安危的关心，实际上是对“结盟”不存有任何幻想。诗中对遗民的情况很关心，又说好像听见“残虏”在保卫城郭。言下之意，金人的统治未必无事，这就是把“乡关信息”看得比“隋珠和璧”要重要的原因。这个“信息”也就是隐隐然指人民在四郊与敌人斗争的消息。敌人虎狼成性，和谈靠不住，人民的斗争才是可以指靠的，“沥血投书”的苦心深意，也就在此。“欲将血泪寄山河，去撒青州一抔土”，感情非常沉痛。

最后一首律诗，五、六两句隐指虽然皇帝说是怜念老百姓而讲和，但实际上并不念及老百姓更遭殃，最后两句更直接表示对这次结盟的隐忧。

南宋　佚名　迎銮图(局部)

六七

端午帖子词①　皇帝阁

日月尧天大，璇玑舜历长②。

侧闻行殿帐，多集上书囊③。

① 端午帖子词：《岁时广记》引《岁时杂记》："学士院端午前一月，撰皇帝、皇后、夫人阁门帖子。"《浩然斋雅谈》："李易安绍兴癸亥［宋高宗绍兴十三年（1143）］在行都，有亲联为内命妇者，因端午进帖子。"这一年李清照已六十岁。

② "日月"两句：歌颂皇帝德泽广大，世运绵长。《论语·泰伯》篇："大哉，尧之为君也，巍巍乎！唯天为大，唯尧则之。荡荡乎，民无能名焉。"《书·舜典》："在璇玑玉衡，以齐七政。"璇玑，观测天文的仪器。玉衡，仪器上横设的测管。七政，日、月和五星。历，历数，天子享国的世数。

③ "侧闻"两句：歌颂皇帝的节俭。《益都耆旧传》："汉文帝连上书囊以为帐，恶闻纨素之声。"侧闻，侧着耳朵听到，表示恭敬。

六八

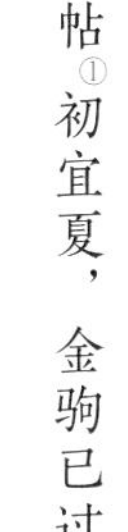

又 皇后阁

意帖①初宜夏，金驹已过蚕②。

至尊千万寿，行见百斯男③。

① 意帖：《浩然斋雅谈》引此诗，注云：“‘意帖’用上官昭容（培按：即上官婉儿）事。”但其事不详。

② “金驹”句：已经过了四月。《庄子·知北游》篇：“人生天地之间，若白驹之过郤（隙）。”据成玄英疏，白驹一说是日光。金驹已过，也就是白驹过隙的意思。《礼记·月令》：“孟夏之月（四月），……蚕事毕。”

③ “行见”句：将要看到成百的男孩子。歌颂皇后不妒，皇家子孙繁多。《诗·大雅·思齐》篇：“则百斯男。”斯，语助词。

六九

又

夫人阁

三宫①催解粽②，妆罢未天明。

便面天题字③，歌头④御赐名。

① 三宫：后、妃所住的宫。

② 解粽：《岁时广记》引《岁时杂记》："京师人以端午日为解粽节。又解粽为献，以叶长者胜，叶短者输。"

③ "便面"句：扇子上有皇帝题的字。便面，扇子的一种，因为可以遮住脸，所以叫"便面"。

④ 歌头：曲子的第一部分。《明皇杂录》："明皇好《水调歌头》……《水调》曲颇广，谓之'歌头'，岂非首章之一解乎？"（培按：此条今传本《明皇杂录》未载，宋何士信《群英草堂诗余》后集卷上、明陈仁锡《类选笺释草堂诗余》卷一均称引自《明皇杂录》）

七〇

又

皇帝阁

日月尧天大，璇玑舜历长。
侧闻行殿帐，多集上书囊。
莫进黄金簟，新除玉局床。
春风送庭燎，不复用沉香①。

① “春风”两句：庭燎，竖立在殿庭中的大烛。《太平广记》卷二百三十六引牛肃《纪闻》：“唐贞观初……时属除夜，太宗盛饰宫掖……设庭燎于阶下，其明如昼，盛奏歌乐，乃延萧后，与同观之。……后曰：‘……隋主每当除夜，至及岁夜，殿前诸院，设火山数十，尽沉香木根也。每一山焚沉香数车。火光暗，则以甲煎沃之，焰起数丈，沉香甲煎之香，旁闻数十里。一夜之中，则用沉香二百余乘，甲煎二百石。’”这两句歌颂皇帝节俭，不用沉香木当庭燎。

培按：此诗与下一首诗当辑自《诗女史》，二诗原题作《皇帝阁》《贵妃阁》。《四朝诗》辑此诗时，题作《皇帝阁春帖子词》。王仲闻《李清照集校注》本将二诗分别题为《皇帝阁春帖子》与《贵妃阁春帖子》，且《皇帝阁春帖子》诗删去与前《端午帖子词·皇帝阁》重复的四句。

南宋　佚名　百子图

七一

贵妃阁

金环半后礼[①]，钩弋比昭阳[②]。
春生柏子帐[③]，喜入万年觞[④]。

①“金环”句：指贵妃。手指上戴金环，使用按皇后体制一半的服物。

②“钩弋”句：《汉书·外戚传》：“孝武钩弋赵使伃，昭帝母也，家在河间。武帝巡狩，过河间，望气者言此有奇女。天子亟使使召之。既至，女两手皆拳，上自披之，手即时伸。由是得幸，号曰‘拳夫人’。”昭阳，汉成帝皇后赵飞燕所住的宫殿。谓贵妃恩遇近于皇后。

②柏子帐：疑是“百子帐”之误。《渊鉴类函》引《世说》：“卷柳为圈，以相连锁，百张百合，圈多，故以百子名之。唐人婚礼多用百子帐。”又《酉阳杂俎》前集卷一：“北朝妇人……五月进五时图、五时花，施帐之上。”也可能与此有关。

④万年觞：万年，是祝福的话。觞，酒器。

七二

偶成

十五年前花月底，相从曾赋赏花诗。

今看花月浑相似，安得情怀似往时？

七三

春残何事苦思乡，病里梳头恨发长。

梁燕语多终日在，蔷薇风细一帘香。

七四

断句

诗情如夜鹊，
三绕未能安。

三国魏曹操《短歌行》：“月明星稀，乌鹊南飞。绕树三匝，何枝可依？”用以比喻诗人构思时心神彷徨不安。

明　程嘉燧　月明星稀乌鹊南飞

七五

断句

少陵也是可怜人，

更待明年试春草。

唐杜甫《瘦马行》："更试明年春草长。"以瘦马自比，希望明年能再在生长春草的郊原上驰骋。李氏诗意是说，杜甫在穷困中仍然壮心不已，希望有机会施展才力，是令人敬爱的。可怜人，语本杜甫《雨过苏端》诗："苏侯得数过，欢喜每倾倒。也复可怜人，呼儿具梨枣。"这里但用其辞，而用意不同。少陵，是杜甫的别号。

七六

断句

南来尚怯吴江冷，
北狩应悲易水寒。

据《苕溪渔隐丛话》引《诗说隽永》："今代妇人能诗者，前有曾夫人魏（曾布之妻），后有易安李。李在赵氏时，建炎初从秘阁守建康，作诗云……"认为这两句是南渡后在南京的作品。

南方天气比较温暖，但到吴江来的人还怕寒冷，那么更应该想到被俘向北方去的徽、钦二宗经过寒冷的易水，而为之悲伤。

七七

断句

南渡衣冠少王导，
北来消息欠刘焜。

这两句意思是说：南渡以来的士大夫很少有像王导这样有作为的。从北方传来的消息也缺少刘焜那样的英雄人物。王导，东晋元帝时有名的宰相，后来受遗诏辅助明帝、成帝，在巩固东晋国力方面，很有贡献。刘焜即刘琨。西晋有名的将领，做到并、冀、幽三州的都督，和当时北方侵略者作战很有功绩。

七八

断句

炙手可熟心可寒。

据《郡斋读书志》，李清照的公公赵挺之在徽宗时拜相，李献此诗。炙手，一碰到手就发烫，比喻势位显赫。诗意谓愈是势位显赫，愈可寒心。寒心，寓有规诫之意。

七九

断句

何况人间父子情！

张琰《洛阳名园记序》："文叔（李格非的字）在元祐（哲宗年号）官太学，丁建中靖国，再用邪朋，窜为党人。女适赵相挺之子，亦能诗，上赵相救其父云……识者哀之。"李清照于徽宗建中靖国元年（1101）与赵明诚结婚，她父亲被指为反对王安石新法的元祐党人（培按：李格非被列入元祐党人籍是在1102年）。公公赵挺之极力排斥党人。她为了救父亲，献诗给赵挺之。黄庭坚《忆邢惇夫》诗："眼看白璧埋黄壤，何况人间父子情？"李用黄诗成句，意谓父女情亲，不能不救，不一定与原诗意思相同。

八〇 断句

露花倒影柳三变，
桂子飘香张九成。

“露花倒影”是词人柳永《破阵乐》中的句子。柳永本名三变，后来改名永。“桂子飘香”是张九成对策中的句子。李清照把“张九成”和“柳三变”对起来，这是和张开玩笑，鄙视他造句的凡庸。引见《老学庵笔记》。据李心传《建炎以来系年要录》，张九成对策在高宗绍兴二年（1132）三月，《建炎以来系年要录》注引《中兴纲目》载对策语：“澄江泻练，夜桂飘香，陛下享此乐时，必曰：‘西风凄动，两宫得无忧乎？’”

文

唐　周昉　内人双陆图(局部)

八一 打马[1]图经序

慧则通，通则无所不达；专则精，精则无所不妙。故庖丁之解牛[2]，郢人之运斤[3]，师旷之听，离娄之视[4]，大至于尧、舜之仁，桀、纣之恶，小至于掷豆起蝇[5]，巾角拂棋[6]，皆臻至理[7]者何？妙而已。后世之人，不惟学圣人之道不到圣处，虽嬉戏之事，亦不得其依稀仿佛[8]，而遂止者多矣！夫博者无他，争先术耳，故专者能之。予性喜博，凡所谓博者皆耽[9]之，昼夜每忘寝食。且平生多寡，未尝不进者何？精[10]而已。自南渡[11]来，流离迁徙，尽散博具，故罕为之，然实未尝忘于胸中也。今年十月朔，闻淮上警报[12]，江浙之人自东走西，自南走北，居山林者谋入城市，居城市者谋入山林，旁午络绎[13]，莫不失所。易安居士亦自临安溯流，涉严滩之险，抵金华，卜居陈氏第。乍释舟楫，而见轩窗，意颇适然。更长烛明，奈此良夜何？于是博奕之事讲矣。且长行[14]、叶子[15]、博塞[16]、弹棋[17]，近世无传；若打褐、大小猪窝、族鬼、胡画、数仓、赌快之类[18]，皆鄙俚不经见；藏酒、樗蒲[19]、双蹙融[20]，近渐废绝；选仙[21]、加减、插关火[22]，质鲁任命[23]，无所施人智巧；大小象戏、奕棋，又惟可容二人；独采选[24]、打马，特为闺房雅戏。尝恨采选丛繁，劳于检阅，故能通者少，难遇勍敌。打马简要，而苦无文采。按打马世有二种：一种一将十马，谓之关西马；一种无将二十四马者，谓之依经马。流传既久，各有图经，凡例可考，行移赏罚，互有异同。又宣和间，人取二种马，参杂加减，大约交加侥倖[25]，古意尽矣。所谓宣和[26]马者是也。余独爱依经马，因取其赏罚互度，每事作数语，随事附见，俟儿辈[27]图之。不独施之博徒，实足贻诸好事。使千万世后，知命辞[28]打马始自易安居士也。绍兴四年十一月二十四日，易安室序。

① 打马：古代博戏的一种。《打马图经》说："凡置局二人至五人……凡马二十匹，用犀象刻成，或铸铜为之，如大钱样。刻其文为马文，各以马名别之（自注：如白骅骝之类）。"（铺盆例、下马例）又说："凡多马遇少马，点数相及，即打去马。"（打马例）所以叫"打马"。又"本采例"下面自注："用骰子三只。"可见是兼用骰子的。又说："凡叠成十马，方许过函谷关。……凡叠足二十马，到飞龙院。"（行马例）可见马在局上是行动的，到某处，某处都有名字。因此也是升官图之类的博戏。详细打法已失传。

② 庖丁之解牛：《庄子·养生主》篇说：庖丁替文惠君宰牛，技术很高明，刀的响声合于音乐的节奏。文惠君问他："何以能如此？"回答说："开始时我看见什么东西都把它当作要宰的牛来研究，三年，我就看不见整头的牛，看整头的如同已经解剖开的一样。我用我的精神去和牛体接触，不是用眼睛看。……我的刀用了十九年，宰割了几千头牛，但刀口还像新磨的一样。"庖丁，厨工。

③ 郢（yǐng）人之运斤：《庄子·徐无鬼》篇记载：郢（楚国都城）人鼻尖上沾了一小片石灰，叫他的朋友匠石把石灰削掉，匠石运斤成风（挥动斧头刮起了一阵风）。郢人立在那里面不改色。故事说明匠石的技术很高。本篇说"郢人之运斤"，大概匠石也是郢人的缘故。

④ "师旷"两句：师旷，晋国有名的乐工，耳朵特别好，听声音的能力很强。离娄，古代有名的目力好的人。《孟子·离娄》篇："离娄之明，公输子之巧，不以规矩，不能成方圆；师旷之聪，不以六律，不能正五音。"

⑤ 掷豆起蝇：《酉阳杂俎》续集卷四："张芬中丞在韦南康皋幕中。有一客，于宴席上以筹碗中绿豆击蝇，十不失一。……芬曰：'无费吾豆。'遂指起蝇，拈其后脚。略无脱（逃脱）者。"筹碗，赌博时放筹码的碗，绿豆就是做筹码用的。指起蝇，用手指把苍蝇赶起来。

⑥ 巾角拂棋：魏文帝擅长弹棋，能用手巾角来拂棋，没有不中的。又有一人戴了葛巾，低着头用巾角来拂棋，比魏文帝的技术还要好。见《世说新语·巧艺》篇。

⑦ 臻至理：达到最微妙的道理。

⑧ 依稀仿佛：模糊，差不多。

⑨ 耽：爱好。

⑩ 精：专精。

⑪ 南渡：指靖康元年（1126）以后，宋王朝渡江南迁，士大夫也纷纷南来。

⑫ “今年”两句：宋高宗绍兴四年（1134）九月，金人和伪齐合兵南下，渡过淮水。十月朔，高宗宣布亲征。见《宋史·高宗本纪》。

⑬ 旁午络绎：纷繁不断。

⑭ 长行：古代赌博的一种。《唐国史补》：“今之博戏，有长行最盛。其具有局有子，子有黄黑各十五，掷采之骰有二。”

⑮ 叶子：古代博戏的一种。近似后世的纸牌。

⑯ 博塞：博、塞都是古代的博戏。《庄子·骈拇》篇：“则博塞以游。”成玄英疏：“行五道而投琼曰博，不投琼曰塞。”《说文》：“簙，局戏也。六箸十二棋也。”琼和后代的骰子相似，用玉石做成，所以叫“琼”。

⑰ 弹棋：古代博戏的一种。《后汉书·梁冀传》注引《艺经》：“弹棋，两人对局，白黑棋各六枚，先列棋相当，更先弹也。其局以石为之。”《梦溪笔谈》说：“其局方二尺，中心高，如覆盂，其巅为小壶，四角微隆起。”唐李商隐《柳枝五首》其二：“玉作弹棋局，中心最不平。”可见局的中央是高起的。唐柳宗元《序棋》：“得木局，隆其中而规焉，其下方以直，置棋二十有四。”到唐代已经和古代不一样了。

⑱ “若打褐”句：打褐等都是古代的赌博。详细情况不详。

⑲ 樗（chū）蒲：古代博戏的一种。《唐国史补》：“洛阳令崔师本，又好为古之樗蒲。其法：三分其子三百六十，限以二关，人执六马。其骰五枚，分上为黑，下为白，黑者刻二为犊，白者刻二为雉。掷之全黑者为卢，其采十六。二雉三黑为雉，其采十四。二犊三白为犊，其采十。全白为白，其采八。四者贵采也。开为十二，塞为十一，塔为五，秃为四，撅为三，枭为二。六者杂采也。贵采得连掷，得打马，得过关，余采则否。新加进九、退六两采。”

⑳ 双蹙融：古代赌博的一种。《酉阳杂俎》续集卷四“贬误”条记载：“小戏中于奕局一枰，各布五子，角（竞赛）迟速，名蹙融。”又《唐语林》卷八：“融，宜作‘戎’。此戏生于黄帝蹙鞠，意在军戎也，殊非‘圆融’之义。庾元规著《座右方》，所言‘蹙戎’，是也。”

㉑ 选仙：赌博的一种。和升官图是一类的。《陔余丛考》卷三十三《升官图》条：“又宋时有选仙图，亦用骰子比色，先为散仙，次为上洞，以渐至蓬莱、大罗等列仙。其比色之法，首重绯四，次六与三，最下者幺。凡有过者，谪作采樵思凡之人，遇胜色仍复位。”

㉒ 加减、插关火：与前文“藏酒”都是指古代的赌博。详细情况不详。

㉓ 质鲁任命：质朴呆钝，只能碰碰运气。

㉔ 采选：就是选仙。用骰子的采色来选仙，所以称“采选”。

㉕ 侥倖：碰运气，不靠智力。

㉖ 宣和：宋徽宗年号（1119—1125）。

㉗ 儿辈：李清照没有儿子。俞正燮以为这个“儿辈”是清照父格非的孙辈。

㉘ 命辞：即前文所说“每事作数语”，见《打马图经》。

八二

打马图经

采色例

凡碧油至满盆星有五十六采。

赏色

堂印　碧油　桃花重五

雁行儿　拍板儿　满盆星

黑十七　马军　靴楦

银十　撮十

罚色

小浮图　小娘子

杂色

赤牛　黑牛　驴嘴

角梭　大开门　正台

筚篥头　暮宿　大枪

皂鹤　野鸡顶　八五

花羊　丫角儿　条巾

赤十二　腰曲缕　饣乞饣疌儿

红鹤　九二　小枪

急火钻　胡十　蛾眉

夹十　平头　撮九

拐九　妹九　夹九

丁九　雁八　撮八

拐八　大肚　夹八

白七　川七　夹七

拐七　火筒儿　小嘴

葫芦头

铺盆例

凡置局二人至五人，均聚钱置盆中，临时商量，多寡从众。然不可过四五人之数。多则本采交错，多致喧闹矣。既先设席，岂惮攫金；便请著鞭，谨令编埒。罪而必罚，已从约法之三章；赏必有功，勿效绕床之大叫。凡不从众议喧闹者，罚十帖入盆中。

本采例用骰子三只

凡第一掷谓之本采，如掷赏罚色，即不得认作本采。到飞龙院，真本采方许过，如平头是真本采，十三大枪之类皆本采。公车射策之初，记其甲乙；神武挂冠之日，定彼去留。汝其有始有终，我则无偏无党。

下马例

凡马二十匹，用犀象刻成，或铸铜为之，如大钱样。刻其文为马文，各以马名别之。如白骅骝之类。或只用钱，各以钱文为别，仍杂采染其文。须用当二、当三钱，以绝盗下之事。**堂印**如浑花，下八匹，赏八帖。如十二本采，更下二匹，**碧油**六浑花，下六匹，赏六帖，**桃花重五**五浑花，下五匹，赏五帖。如十五本采更下二匹，**雁行儿**三浑花，下四匹，赏四帖。如九本采，更下二匹，**拍板儿**二浑花，下四匹。如五本采，更下二匹，**满盆星**么浑花，下四匹，赏四帖，**真本采**下三匹，赏三帖，**傍本采**下二匹，赏二帖，**承人真撞**谓下次道手抑同上次赏罚色，无真撞，下三匹，赏三帖，**自掷赏色**靴楦、银十、撮十、黑十七、马军、傍本采，各下二匹，赏二帖，**别掷自家傍本采、傍撞**各下二匹，赏二帖，上次掷罚采小娘子、小浮图，各下二匹，赏二帖，余散采下一匹。

夫劳多者赏必厚，施重者报必深。或再见而取十官，或一门而列三戟。又昔人君每有赐臣下，必先以乘马焉，秦穆公悔赦孟明，解左骖而赠之是也。丰功重锡，尔自取之，予何厚薄焉。凡下次人未有采，上次人虽掷赏采，不理赏掷。

行马例

凡马局十一窝，遇入窝不打，赏一掷。后来马者多，亦不许行。

九，阳数也，故数九而立窝。窝，险途也，故入窝而必赏。既能据险，一以当千；便可成功，寡能敌众。谢回后骑，以避先登。

凡叠成十马，方许过函谷关。十马先过，然后余马随多少得过。自至函谷关，则少马不许逾别人多马。如前后有多马，不许行，俟多马移动，方许行。马数同，即许行。

自马不碍。行百里者半九十，汝其知乎？方兹万勒争先，千羁竞辏，得其中道，止以半途。如能叠骑先驰，方许后来继进。既施薄效，须稍旋甄，可倒半盆。

凡叠足二十马，到飞龙院，散采不得行，直待自掷真本采、堂印、碧油、桃花重五、雁行儿、拍板儿、满盆星诸赏采等，及别人掷自家真本采，上次掷罚采方许过。

万马无声，恐是衔枚之后；千蹄不动，疑乎立仗之时。如能翠幕张油，黄扉启印，雁归沙漠，花发武陵。歌筵之小板初齐，天际之流星暂聚。或受彼罚，或旌己劳，或当谢事之时，复遇出身之数。语曰：邻之薄，家之厚也。以此始者，以此终乎？皆得成功，俱无后悔。

打马例

凡多马遇少马，点数相及，即打去马。马数同，亦许打去，任便再下。

众寡不敌，其谁可当；成败有时，夫复何恨。或往而旋反，有同虞国之留；或去亦无伤，有类塞翁之失。欲雪孟明五败之耻，好求曹刿一旦之功。其勉后图，我不汝弃。

凡打去人全垛马，谓二十四作一垛者。倒半盆，被打人出局。如愿再下者亦许。

赵帜皆张，楚歌尽起，取功定霸，一举而成。方西邻责言，岂可蚁封共处；既南风不竞，固难金埒同居。便请回鞭，不须恋厩。

被打去全马人愿再下者听。

亏于一篑，败此垂成。久伏盐车，方登峻坂，岂期一蹶，遂失长途。恨群马之皆空，忿前功之尽弃。但素蒙剪拂，不弃驽骀；愿守门阑，再从驱策。溯风骧首，已伤去日之障泥；恋主衔恩，更待明年之春草。

倒行例

凡遇打马，遇叠马，遇入窝，许倒行。

唯敌是求，唯险是据。后骑欲来，前马反顾。既将有为，退亦何害。语不云乎：日暮途远，故倒行而逆施之也。

入夹例

凡遇飞龙院下三路谓之夹。散采不许行，遇诸夹采方许行。谓如六六么行一路，么么六行六路之类。虽浑花亦只算夹采，如碧油行六路，满盆星行一路之类。夹六细满矣。

昔晋襄公以二陵而胜者，李亚子以夹寨而兴者，祸福倚伏，其何可知。汝其勉之，当取大捷。

落堑例

凡尚乘局下一路谓之堑，不行不打，虽后有马到亦同。落堑谓之同处患难，直待自掷诸浑花赏采、真本采、傍本采，别人掷自家真本采、傍本采，上次掷罚采，下次掷真傍撞，方许依元初下马之数飞出。飞尽为倒盆。每飞一匹，赏一帖。

凛凛临危，正欲腾骧而去；骎骎遇伏，忽惊阱堑之投。项羽之骓，方悲不逝；玄德之骑，已出如飞。既胜以奇，当旌其异，请同凡例，亦倒全盆。

倒盆例

凡十马先到函谷关，倒半盆。在局人再添。打去人全马，倒半盆。全马先到尚乘局为细满，倒倍盆。在局人再添。遇尚乘局为粗满，倒一盆。落堑马飞尽，同粗满，倒一盆。

瑶池宴罢，骐骥皆归；大宛凯旋，龙媒并入。已穷长路，安用挥鞭；未赐弊帷，尤宜报主。骥虽伏枥，万里之志长存；国正求贤，千金之骨不弃。定收老马，欲取奇驹。既已解骖，请拜三年之赐；如图再战，愿成他日之功。

赏帖例

凡谓之赏帖者，临时商量，用钱为一帖。不过三钱，多则重复难供。自掷诸浑花赏采、真傍本采，各随下马匹数，在局皆供。别人掷人真傍本采，随手真傍撞、上次罚采，各随下马匹数，犯事人供。凡打马，得一马，赏一帖，被打人供。落堑飞出马一匹，赏一帖，在局人皆供。

赏掷例

凡自掷诸浑花、诸赏采、真傍本采、打得马、叠得马、飞得马，皆赏一掷。别人掷自家真傍本采、上次掷罚采，皆赏一掷。

元　赵雍　八骏图（局部）

八三

打马赋

岁令云徂[1]，卢或可呼[2]；千金一掷[3]，百万十都。尊俎[4]具陈，已行揖让[5]之礼；主宾言洽，不有博奕者乎？打马爰兴，樗蒲者退，实小道之上流，竞深闺之雅戏。齐驱骥騄[6]，疑穆王[7]万里之行；别起玄黄[8]，类杨氏五家之队[9]。珊珊佩响[10]，方惊玉镫[11]之敲；落落星罗[12]，忽讶连钱之碎[13]。若乃吴江枫落[14]，燕山叶飞；玉门关闭，沙苑草肥[15]。临波不渡，似惜障泥[16]。或出入腾骧[17]，猛比昆阳之战[18]；或从容磬控[19]，正如涿鹿之师[20]。或闻望久高，脱复庾郎之失[21]；或声名素昧[22]，倏惊痴叔之奇[23]。亦有缓缓而归，昂昂[24]而驻，鸟道[25]惊驰，蚁封安步[26]。崎岖峻坂，慨想王良；局促盐车，忽逢造父[27]。且夫丘陵云远，白云在天[28]。心无恋豆，志在着鞭[29]。蹴蹄黄叶，画道金钱[30]。用五十六采之间，行九十一路之内[31]，明以赏罚，覈其殿最[32]。运指麾于方寸之中，决胜负于几微之介[33]。且好胜人之常情，争筹[34]者道之末技。说梅止渴，稍苏奔竞之心[35]；画饼充饥[36]，亦寓[37]腾骧之志。将求远效，故临难而不回；欲报厚恩，或相机而豫退。亦有衔枚[38]缓进，已逾关塞之艰；岂致贾勇[39]争先，莫悟阱堑[40]之坠。至于不习军行，必占尤悔。当知范我之驰驱，勿忘君子之箴佩。况乃为之贤已，事实见于正经[41]；行以无疆，义必合乎天德[42]。故宜绕床大叫，五木[43]皆卢；沥酒一呼，六子尽赤[44]。平生不负，遂成剑阁之勋[45]；别墅未输，决破淮淝之贼[46]。今日岂无元子[47]，明时不乏安石。又何必陶长沙博局之投[48]，正当师袁彦道布帽之掷也[49]。

乱曰[50]："佛狸定见卯年死[51]，贵贱纷纷尚流徙。满眼骅骝及騄耳[52]，时危安得真致此[53]？木兰横戈好女子[54]，老矣不复志千里[55]，但愿相将过淮水[56]。"

① 岁令云徂：一年过去。云，语助词，无意义。徂，往。唐杜甫《今夕行》：“今夕何夕岁云徂，更长烛明不可孤。咸阳客舍一事无，相与博塞为欢娱。”仇兆鳌注引朱正民曰：“今夕岁徂，值除夜也。”

② 卢或可呼：一掷五子皆黑，叫作“卢”。《晋书·刘毅传》：“（毅）在东府聚樗蒲大掷，一判应至数百万，余人并黑犊以还，唯刘裕及毅在后。毅次掷，得雉，大喜，褰衣绕床，叫谓同坐曰：‘非不能卢，不事此耳。’裕恶之，因挼五木久之，曰：‘老兄试为卿答。’既而四子俱黑，其一子转跃未定，裕厉声喝之，即成卢焉。”

③ 千金一掷：《宋书·武帝纪》：“刘毅家无担石之储，樗蒲一掷百万。”

④ 尊俎：古代盛酒肉的器皿。

⑤ 揖让：古代宾主相见的礼节。

⑥ 骥騄：赤骥、騄耳，周穆王八骏中的两匹。

⑦ 穆王：《穆天子传》记载，周穆王驾八骏到处巡游。骏，千里马。

⑧ 玄黄：有黄有黑。本来指马的颜色，这里指打马的采色。

⑨ “类杨氏”句：好像杨氏五家的队伍。《旧唐书·杨贵妃传》：“玄宗每年十月幸华清宫，国忠姊妹五家扈从，每家为一队，着一色衣，五家合队，照映如百花之焕发。”五家，指杨玉环的哥哥杨铦、杨锜和她的姊姊韩国、虢国、秦国三夫人。

⑩ 珊珊佩响：佩玉相碰，珊珊地响着。唐杜甫《郑驸马宅宴洞中》诗：“自是秦楼压郑谷，时闻杂佩声珊珊。”本文是指打马的声音。因为马是用犀角、象牙做的，相碰会发出像佩玉的声音。参看《打马图经序》“打马”注。

⑪ 玉镫：用玉装饰的马镫。镫，是悬挂在马鞍两旁，用来踏脚的。张祜《少年乐》诗：“醉把金船掷，闲敲玉镫游。”

⑫ 落落星罗：落落，稀疏貌。东晋孙绰《游天台山赋》：“荫落落之长松。”星罗，像天上的星一样罗列。《打马图经》中记载有一种采叫

"满盆星"。

⑬ 连钱之碎：马身上的毛被剪刻成像一个个连环式的金钱花纹。《尔雅·释畜》"青骊驎驒"注："色有深浅，斑驳隐粼，今之连钱骢。"

⑭ 吴江枫落：唐崔信明断句："枫落吴江冷。"

⑮ 沙苑草肥：沙苑，在今陕西省大荔县南。其地多沙，宜畜牧，唐代养马之地，置沙苑监。唐杜甫《沙苑行》："苑中騋牝三千匹，丰草青青寒不死。"

⑯ "临波"两句：《晋书·王济传》记载，王济识马性，一次乘马，着连乾障泥，前面有水，马不肯渡，王说："一定是爱惜障泥。"叫人解去障泥，马就渡过了。障泥是披在马身上用来遮泥的。

⑰ 腾骧：形容马迅速奔驰，有如飞跃。

⑱ 昆阳之战：是后汉光武帝和王莽军队在昆阳展开的一次非常剧烈的战役。莽军驱使虎豹犀象等猛兽作战，汉战士震呼动天地，又碰到"大雷风，屋瓦皆飞……虎豹皆股战"，光武大破百万莽军。见《后汉书·光武帝纪》。昆阳，今河南省叶县。

⑲ 从容磬控：不慌不忙地驾着马。形容驾驭马的技术很高。《诗·郑风·大叔于田》篇"抑磬控忌"，骋马叫"磬"，止马叫"控"，"抑""忌"都是语助词，没有意义。

⑳ 涿鹿之师：黄帝召集诸侯在涿鹿和凶暴的酋长蚩尤作战，最后杀了蚩尤。见《史记·五帝本纪》。

㉑ "或闻望"两句：有的人有善于骑马的声名，但也许还会像庾翼一样地失手。《世说新语·雅量》篇记载：庾翼的岳母阮氏，一次和庾翼的妻子在城楼上，看见庾翼回来，驾了一匹很好的马，随从很多。阮氏就和女儿说："听说庾郎很会骑马，我怎么能看到呢？"女儿告诉翼，翼就在路上跑起马来，刚刚盘旋了两圈，从马上跌下地来。

㉒ 素昧：一向不被人知道。

㉓ “倏惊”句：晋人王湛是王济的叔叔，一向不表露自己的才能，大家都以为他有些痴呆。晋武帝和王济开玩笑，问他：“你家的痴叔死了没有？”济无话可答。一次济和叔叔谈论，觉得很有道理，又请他骑一匹难以驾驭的马，他骑马的姿态、技术都很美妙超逸，济大为惊讶。后来武帝又问他，他回答：“我叔叔不痴。”又问：“和谁可以相比？”回答：“山涛以下，魏舒以上。”由此王湛被人看重。见《世说新语·赏誉》篇。

㉔ 昂昂：形容马的神骏。《楚辞·卜居》：“宁昂昂若千里之驹乎？将泛泛若水中之凫乎？”

㉕ 鸟道：形容险峻狭窄的山路，只有飞鸟可度。唐李白《蜀道难》诗：“西当太白有鸟道，可以横绝峨嵋巅。”

㉖ 蚁封安步：也是出自王湛和王济的故事（参看上“倏惊”句注）。王济很喜欢马，养了很多骏马。济一次选了一匹骏马，让湛试骑，湛说：“在大路上奔驰，是看不出马的优劣的，要在蚁封上走才能看得出。”于是就让马在蚁封上盘旋，果然，马立刻跌倒了。见《世说新语·赏誉》注引《晋纪》。蚁封，蚁窝附近高起的地方，又称“蚁冢”。

㉗ “崎岖”四句：走在崎岖不平的高坡上，感慨地想起王良；弯腰屈背驾着装盐的车子，忽然碰到造父。《战国策·楚策》记载：有一匹千里马，拉了盐车，上太行山，拉不动，“白汗交流，中阪（同“坂”）迁延，负辕不能上。伯乐遭之，下车攀而哭之”。王良、造父是古代善驾马的人。《淮南子》：“王良、造父之御也，上车摄辔，马为整齐。”他们和伯乐是一类的人，因此这里用王良、造父代替了伯乐。千里马、伯乐的故事，一向用指用非所长、怀才不遇、沉沦下僚、知己者少。此处既借以写打马的不顺利，也寄托了作者有志不能伸的感慨。

㉘ 丘陵云远，白云在天：山陵远了，白云在天上。“云远”的“云”是语助词，无意义。《穆天子传》记载：周穆王乘八骏，一直走到西王

母之国，见到西王母。临别时，西王母送他诗，诗中有“白云在天，山陵自出。道路悠远，山川间之。将子无死，尚能复来”的句子。《太平御览》卷八引作“丘陵”。

㉙“心无”两句：无所留恋，一心向前。《晋书·宣帝纪》记载：宣帝将诛曹爽，“大司农桓范出赴爽，蒋济言于帝曰：‘智囊往矣。’帝曰：‘爽与范内疏，而智不及，驽马恋栈豆，必不能用也。’”又《晋书·刘琨传》：“（琨）与亲故书曰：‘吾枕戈待旦，志枭逆虏，常恐祖生先吾着鞭。’”祖生即祖逖，和刘琨都是当时的爱国志士。着鞭，是用鞭子打马。“先吾着鞭”就是走在我前头。

㉚画道金钱：用金钱堆起来，画出马走的道路。晋人王武子喜欢马，把钱堆了一地做马埒。见《世说新语·汰侈》篇。埒，短墙，用来做马道的界线。

㉛“用五十六采”两句：五十六采，打马的采色。李清照《打马图经》“采色例”说：“凡碧油至满盆星有五十六采。”它们的名称是“堂印”“碧油”“桃花重五”等。九十一路，打马时所行的路数，《打马图经》不载。

㉜覈其殿最：考核军功或政绩，首功称“最”，最末尾的叫“殿”。覈，同“核”，考核。

㉝几微之介：微妙的地方。“几”和“介”都是细微的意思。《易·系辞》：“几者，动之微，吉凶之先见者也。”又“忧悔吝者存乎介”，韩康伯注：“介，纤介也。”

㉞争筹：争筹码。

㉟“说梅止渴”两句：说说梅子，可以止渴，稍稍苏息奔驰竞争的心。曹操一次行军，士兵口渴，曹操指着远方说：“前面有梅树林，梅子很好。”士兵听说后，口中生津液，就不渴了。见《世说新语·假谲》篇。

㊱画饼充饥：《三国志·魏志·卢毓传》：“选举莫取有名，名如画地作

饼，不可啖也。”后以“画饼充饥”比喻聊以空想自慰。

㊲ 寓：寄托。

㊳ 衔枚：枚，形如箸，两端有带，可系于颈上。古代进军袭击敌人时，常令士兵把枚衔在口中，以防喧哗。《汉书·高帝纪上》：“章邯夜衔枚击项梁定陶，大破之。”宋欧阳修《秋声赋》：“又如赴敌之兵，衔枚疾走，不闻号令，但闻人马之行声。”

㊴ 贾勇：《左传·成公二年》：“欲勇者，贾余余勇。”是指自己的勇力有余，可以出售于人。这里是鼓足勇气的意思。

㊵ 阱堑：陷阱。

㊶ “况乃”两句：何况做了总比不做好，这样的事，实际是见于正规的经典的。《论语·阳货》：“子曰：‘饱食终日，无所用心，难矣哉！不有博奕者乎？为之犹贤乎已。’”贤，好。正经，指《论语》。

㊷ “行以”两句：前进是无止境的，而且在道理上是符合自然规律的。天德，自然规律。《易·坤·彖辞》：“至哉坤元，万物资生，乃顺承天。坤厚载物，德合无疆。含弘光大，品物咸亨。牝马地类，行地无疆。”

㊸ 五木：古代博具。《樗蒲经略》：“古惟斫木为子，一具凡五子，故名五木。”后骰子即由此演变而来。

㊹ “六子”句：《新五代史·吴世家》：“刘信围虔州，久不克，使人说谭全播出降，遣使报温（徐温）。温怒曰：‘信以十倍之众，攻一城不下，而反用说客降之，何以威敌国？’……因命济师，遂破全播。人有诬信逗留阴纵全播，言信将反者。信闻之，因自献捷至金陵。见温，温与信博，信敛骰子厉声祝曰：‘刘信欲背吴，骰为恶彩，苟无二心，当成浑花。’温遽止之，一掷六子皆赤。”

㊺ “平生”两句：从来没有输过，所以才能建立攻下剑阁（在今四川省北部）的功勋。这里用了东晋桓温的故事。当时李势盘踞巴蜀，桓温早就“志在立勋于蜀”（《晋书》本传），但大臣们都以为平蜀不

易。“唯刘尹云：‘伊必能克蜀，观其蒲博，不必得则不为（不必胜不干）。’”（《世说新语·识鉴》）后来桓温果然平定巴蜀。这个故事，说明从博戏小道中，也看出一个人的性格，并能影响他的前途。剑阁，用来指代巴蜀。

㊻“别墅”两句：《晋书·谢安传》：“（苻）坚后率众，号百万，次于淮肥（同“淝”），京师震恐。加安征讨大都督。（谢）玄入问计，安夷然无惧色，答曰：‘已别有旨。’既而寂然。玄不敢复言，乃令张玄重请。安遂命驾，出山墅，亲朋毕集，方与玄围棋赌别墅。安常棋劣于玄，是日玄惧，便为敌手。……玄等既破坚，有驿书至，安方对客围棋，看书既竟，便摄放床上，了无喜色，棋如故。客问之，徐答云：‘小儿辈遂已破贼。’既罢，还内，过户限，心喜甚，不觉屐齿之折。其矫情镇物如此。”这两句说谢安从容镇定所以能使谢玄打败苻坚。

㊼元子：桓温的小字。桓温平蜀后，又攻破前秦。永和十二年（356）北伐，收复洛阳，建立大功。参看上“平生”两句注。

㊽陶长沙博局之投：《晋书·陶侃传》：“常语人曰：‘大禹圣者，乃惜寸阴，至于众人，当惜分阴。岂可逸游荒醉，生无益于时，死无闻于后，是自弃也。’诸参佐或以谈戏废事者，乃命取其酒器蒲博之具，悉投之于江。”

㊾“正当师”句：《晋书·袁耽传》：“耽字彦道，少有才气，俶傥不羁，为士类所称。桓温少时，游于博徒，资产俱尽，……求济于耽，……耽略无难色，遂变服怀布帽，随温与债主戏。耽素有艺名，债者闻之而不相识，谓之曰：‘卿当不办作袁彦道也。’遂就局，十万一掷，直上百万。耽投马绝叫，探布帽掷地曰：‘竟识袁彦道不？’其通脱若此。”正当，正应当。

㊿乱曰：辞赋篇末总括全篇要旨的一段。

(51)“佛狸”句：这里是引用历史故事中的童谣，诅咒北方敌酋不久当死。“佛狸”是北魏太武帝拓跋焘的小字。焘南侵，写信威胁宋（南朝）将臧质，质复信说："尔谓何以不闻童谣言邪？'虏马饮江水，佛狸死卯年。'"见《宋书·臧质传》。

52 骅骝及騄耳：骅骝、騄耳，皆骏马名，为周穆王八骏之一。《史记·秦本纪》："造父以善御幸于周缪王，得骥、温骊、骅骝、騄耳之驷。"

53 "时危"句：杜甫《题壁上韦偃画马歌》："时危安得真致此，与人同生亦同死。"

54 "木兰"句：花木兰曾女扮男装，代父从军，执干戈，卫社稷。所以说她是"好女子"。

55 "老矣"句：三国魏曹操《步出夏门行·龟虽寿》："老骥伏枥，志在千里。"

56 "但愿"句：南宋名将宗泽坚决抗金，受到投降派迫害，忧愤成疾，疽发于背，临死时，"无一语及家事，但连呼'过河'者三而薨"（《宋史·宗泽传》）。河，黄河。李清照说要和大家一道渡过淮水，这是表示要继承宗泽的遗志，打过去，恢复北方失去的土地！

南宋　刘松年　博古图(局部)

八四

金石录后序

右《金石录》三十卷者何？赵侯德父[1]所著书也。取上至三代，下迄五季[2]，钟、鼎、甗、鬲、盘、匜、尊、敦之款识[3]，丰碑大碣[4]、显人晦士之事迹，凡见于金石刻者二千卷，皆是正讹谬[5]，去取褒贬，上足以合圣人之道，下足以订史氏之失者皆载之。可谓多矣！呜呼！自王涯、元载之祸，书画与胡椒无异[6]；长舆、元凯之病，钱癖与传癖何殊[7]？名虽不同，其惑一也。

余建中辛巳[8]始归赵氏，时先君[9]作礼部员外郎，丞相[10]作吏部侍郎，侯年二十一，在太学作学生。赵李族寒，素贫俭。每朔望谒告[11]出，质衣[12]，取半千钱，步入相国寺[13]，市碑文果实归，相对展玩咀嚼，自谓葛天氏之民[14]也。后二年，出仕宦，便有饭疏衣练[15]，穷遐方绝域[16]，书天下古文奇字之志。日就月将，渐益堆积。丞相居政府，亲旧或在馆阁[17]，多有亡诗逸史[18]，鲁壁、汲冢[19]所未见之书，遂尽力传写，浸[20]觉有味，不能自已。后或见古今名人书画，三代奇器，亦复脱衣市易[21]。尝记崇宁[22]间，有人持徐熙[23]牡丹图，求钱二十万。当时虽贵家子弟，求二十万钱岂易得邪？留信宿，计无所出而还之，夫妇相向惋怅者数日。后屏居[24]乡里十年，仰取俯拾，衣食有余。连守两郡[25]，竭其俸入以事铅椠[26]。每获一书，即同共校勘，整集签题；得书画彝鼎，亦摩玩舒卷，指摘疵病，夜尽一烛为率。故能纸札精致，字画完整，冠诸收书家。余性偶强记，每饭罢，坐归来堂[27]，烹茶，指堆积书史，言某事在某书、某卷、第几叶、第几行，以中否角胜负，为饮茶先后。中，即举杯大笑，至茶倾覆怀中，反不得饮而起，甘心老是乡矣[28]。故虽处忧患困穷，而志不屈。收书既成，归来堂起书库，大橱簿甲乙[29]，置书册。如要讲读，即请钥上簿关出[30]；卷帙或少损污，必惩责揩完涂改[31]，不复向时之坦夷[32]也。

是欲求适意而反取憀慄[33]。余性不耐，始谋食去重肉[34]，衣去重采[35]，首无明珠翡翠之饰，室无涂金刺绣之具，遇书史百家，字不刓阙[36]、本不讹谬者，辄市之，储作副本。自来家传《周易》《左氏传》，故两家者流，文字最备。于是几案罗列，枕席枕藉，意会心谋，目往神授[37]，其乐在声色狗马之上。

至靖康丙午岁[38]，侯守淄川，闻金人犯京师，四顾茫然，盈箱溢箧，且恋恋，且怅怅，知其必不为己物矣！建炎丁未[39]春三月，奔太夫人丧[40]南来，既长物不能尽载，乃先去书之重大印本者，又去画之多幅者，又去古器之无款识者，后又去书之监本[41]者、画之平常者、器之重大者，凡屡减去，尚载书十五车。至东海，连舻[42]渡淮，又渡江至建康。青州故第，尚锁书册什物，用屋十余间。期明年春，再具舟载之。十二月，金人陷青州，凡所谓十余屋者，已皆为煨烬矣！建炎戊申秋九月，侯起复[43]，知建康府[44]。己酉春三月罢，具舟上芜湖，入姑孰[45]，将卜居赣水[46]上。夏五月，至池阳[47]，被旨知湖州，过阙上殿；遂驻家池阳，独赴召。六月十三日，始负担舍舟[48]坐岸上，葛衣岸巾[49]，精神如虎，目光烂烂射人，望舟中告别。余意甚恶，呼曰："如传闻城中缓急[50]，奈何?”戟手[51]遥应曰：“从众！必不得已，先弃辎重[52]，次衣被，次书册卷轴，次古器，独所谓宗器[53]者，可自负抱，与身俱存亡，勿忘之。”遂驰马去。途中奔驰，冒大暑，感疾，至行在[54]，病痁[55]。七月末，书报卧病。余惊怛，念侯性素急，奈何病痁？或热，必服寒药，疾可忧！遂解舟下，一日夜行三百里。比至，果大服柴胡、黄芩药，疟且痢，病危在膏肓[56]。余悲泣，仓皇不忍问后事。八月十八日，遂不起，取笔作诗，绝笔而终，殊无分香卖履[57]之意。

葬毕，余无所之。朝廷已分遣六宫，又传江当禁渡。时犹有书二万卷，金石刻二千卷，器皿茵褥可待百客，他长物称是[58]。余又大病，仅存喘息，事势日迫。念侯有妹婿[59]任兵部侍郎，从卫[60]在洪州[61]，遂遣二故吏，先部送行李往投之。冬十二月，金人陷洪州，遂尽委弃。所谓“连舻渡江”之书，又散为云烟矣！独余少轻小卷轴书帖，写本李、杜、韩、柳集[62]，《世说》[63]《盐铁论》[64]，汉唐石刻副本数十轴，三代鼎鼐十数事，南唐写本书数箧，偶病中把玩，搬在卧内者，岿然[65]独存。上江[66]既不可往，又虏势叵测[67]，有弟迒，任敕局删定官[68]，遂往依之。到台，台守已遁。之剡，出睦[69]，又弃衣被走黄岩，雇舟入海，奔行朝[70]。时驻跸章安[71]，从御舟海道之温，又之越。庚戌十二月，放散百官，遂之衢。绍兴辛亥[72]春三月，复赴越。壬子，又赴杭。先，侯疾亟[73]时，有张飞卿学士，携玉壶过视侯，便携去，是实珉[74]也。不知何人传道，遂妄言有颁金[75]之语，或传亦有密论列[76]者。余大惶怖，不敢言，亦不敢遂已，尽将[77]家中所有铜器等物，欲走外廷投进[78]。到越，已移幸四明；不敢留家中，并写本书寄剡。后官军收叛卒，取去，闻尽入故李将军家，所谓"岿然独存"者，无虑[79]十去五六矣！惟有书、画、砚、墨，可五七簏[80]，更不忍置他所，常在卧榻下，手自开阖。在会稽，卜居土民钟氏舍。忽一夕，穴壁负五簏去，余悲恸不已，重立赏收赎。后二日，邻人钟复皓出十八轴求赏，故知其盗不远矣。万计求之，其余遂牢不可出。今知尽为吴说运使贱价得之。所谓"岿然独存"者，乃十去其七八。所有一二残零不成部帙书册，三数种平平[81]书帖，犹复爱惜，如护头目[82]，何愚也邪！

今日忽开此书，如见故人。因忆侯在东莱静治堂[83]，装卷初就，芸签缥带[84]，束十卷作一帙，每日晚吏散，辄校勘二卷，跋题一卷。此二千卷，有题跋者五百二卷耳。今手泽[85]如新，而墓木已拱[86]，悲夫！昔萧绎江陵陷没，不惜国亡，而毁裂书画[87]；杨广江都倾覆，不悲身死，而复取图书[88]。岂人性之所著[89]，生死不能忘欤？或者，天意以余菲薄[90]，不足以享此尤物[91]邪？抑亦死者有知，犹斤斤爱惜，不肯留人间邪？何得之艰而失之易也？呜呼！余自少陆机作赋之二年，至过蘧瑗知非之两岁[92]，三十四年之间，忧患得失，何其多也！然有有必有无，有聚必有散，乃理之常。人亡弓，人得之[93]，又胡足道？所以区区记其终始者，亦欲为后世好古博雅者之戒云。绍兴二年玄黓岁壮月朔甲寅[94]，易安室题。

① 赵侯德父：李清照的丈夫赵明诚，字德父。侯，男子尊称。唐杜甫《赠李白》诗："李侯金闺彦。"

② 五季：五代。

③ "钟、鼎"句：钟、鼎等皆古代器物名。甗、鬲是炊器，盘是容器，匜是盛水器，尊是酒器，敦是盛黍稷之器。款识，古器物上的铭文和花纹。《南村辍耕录》："识乃篆字，以纪功，所谓铭书钟鼎……款乃花纹，以为饰。古器款居外而凸，识居内而凹。"

④ 碣：圆头的石碑。《后汉书·窦宪传》注："方者谓之碑，圆者谓之碣。"

⑤ 是正讹谬：审订和纠正错误。

⑥ "自王涯"两句：王涯，唐大臣，官至吏部尚书，后来得罪被斩。涯喜欢书画，《新唐书·王涯传》："家书多与秘府侔，前世名书画，尝以厚货钩致，或私以官，凿垣纳之，重复秘固，若不可窥者。至是为人破垣，剔取奁轴金玉，而弃其书画于道。"元载，唐肃宗宰相，搜刮无度，后赐死。《新唐书·元载传》："籍其家，……胡椒至八百石，它物称是。"

⑦ "长舆"两句：晋人和峤，字长舆。杜预，字元凯。杜预曾说："王济有马癖，和峤有钱癖。"晋武帝问："你有什么癖呢?"他说："我有《左传》癖。"见《晋书》本传。以上两句的意思是：搜刮书画和物资，喜欢读书和喜欢钱，都是一种癖好，分不出什么高低。

⑧ 建中辛巳：建中，建中靖国，宋徽宗年号。辛巳，是建中靖国元年（1101）。

⑨ 先君：指李格非。

⑩ 丞相：指赵明诚的父亲赵挺之。

⑪ 谒告：请假回家。

⑫ 质衣：典当衣服。

⑬ 相国寺：北宋都城汴京（今河南省开封市）的一个大寺，寺内兼做买卖。《东京梦华录》："相国寺每月五次开放，万姓交易。……殿后资圣门前，皆书籍、玩好、图书……之类。"

⑭ 葛天氏之民：东晋陶潜《五柳先生传》："葛天氏之民欤？"葛天氏是传说中的上古帝王。相传那时的人，不慕荣利，没有忧患，悠然自得。

⑮ 饭蔬衣练：吃粗穿粗。蔬，粗糙。《论语·述而》篇："饭蔬食，饮水，曲肱而枕之，乐亦在其中矣。"练，粗帛。《后汉书·马皇后纪》："常衣大练，裙不加缘。朔望诸姬主朝请，望见后袍衣疏粗，反以为绮縠，就视乃笑。"

⑯ 遐方绝域：偏远没有人到的地区。

⑰ 馆阁：宋代有史馆、集贤院、昭文馆，称为"三馆"，又有秘阁、龙图阁、天章阁等阁，统称"馆阁"。都是安置文人学者的机构。

⑱ 亡诗逸史：散失的诗篇和史籍。

⑲ 鲁壁、汲冢：汉武帝末年鲁共王拆掉孔子的住宅，在墙壁发现用古文书写的《尚书》《论语》《孝经》等。见《汉书·艺文志》。晋武帝时汲郡有人掘魏襄王坟墓，发现很多用小篆写的竹简书。见《晋书·武帝纪》。

⑳ 浸：渐。

㉑ 市易：购买，交换。

㉒ 崇宁：宋徽宗年号。公元1102年至1106年，共五年。

㉓ 徐熙：五代时南唐的名画家。擅长画花卉。《宣和画谱》

评他的画：“骨气风神，为古今之绝笔。”

㉔ 屏居：退居在家里。

㉕ 连守两郡：赵明诚曾做莱、青二州（都属今山东省）的太守。

㉖ 铅椠：铅是铅粉，椠是木片，用铅粉笔把木简上的错误涂掉。古代用木简写书，所以称改正书上的错误为“铅椠”。

㉗ 归来堂：李清照夫妇所住的堂名。在青州。

㉘ “甘心”句：心甘情愿地终老在这样的环境里。这里的“乡”，指读书的环境。《赵飞燕外传》记载：汉武帝宠爱飞燕的妹妹合德，称她为“温柔乡”，并说：“吾老是乡矣。”

㉙ 簿甲乙：题上甲乙次序。

㉚ “即请钥”句：领取钥匙开橱，登记在簿上，才领出书来。

㉛ 揩完涂改：把损坏的整理完整，把沾污的涂改清楚。

㉜ 坦夷：随便，不计较。

㉝ 惨慄：恐惧。

㉞ 重肉：两种以上的肉类。

㉟ 重采：两种以上的色彩。

㊱ 刓（wán）阙：被挖掉或遗漏掉的。

㊲ “意会”两句：形容沉溺在书籍里，精神专注，心情舒畅。

㊳ 靖康丙午岁：靖康，宋钦宗年号（1126—1127）。丙午，靖康元年（1126）。

㊴ 建炎丁未：建炎，宋高宗年号（1127—1130）。丁未，建炎元年（1127）。

㊵ 太夫人丧：赵明诚的母亲死在建炎元年。

㊶ 监本：国子监（国家所设的高等学校）所刻的书。

㊷ 连舻：船只相连接。舻，船头。

㊸ 起复：再出来做官。

㊹ 知建康府：做建康府（今江苏省南京市）的知府。

㊺ 姑孰：今安徽省当涂县。

㊻ 赣水：水名。在今江西省。

㊼ 池阳：指池州。在今安徽省。

㊽ 负担舍舟：背负衣物，舍舟登陆。

㊾ 葛衣岸巾：穿着葛布的衣服，把头巾抹高，露出额头。《晋书·谢奕传》："岸帻笑咏，无异常日。"帻，就是巾。

㊿ 缓急：这里是偏义复词，就是有危急。

51 戟手：伸出手指成戟形。是指点时的形态。

52 辎重：指粗重的器物。

53 宗器：祀祖的祭器。

54 行在：临时的都城。当时在建康。

55 痁（shān）：疟疾。

56 膏肓：膏是心下的脂肪，肓是膈上的薄膜。膏肓就是心膈之间。病入膏肓就是不治之症。《左传·成公十年》："疾不可为也，在肓之上，膏之下。"

57 分香卖履：陆机《吊魏武帝文序》记载，曹操临死时说："余香可分与诸夫人（曹操的姬妾）。诸舍中无所为，学作履组（丝织的鞋带）卖也。”后以“分香卖履”为形容临死时英雄气短、儿女情长的典故。

⑸ 他长物称是：其他剩余的东西和这些（指上面所说的金石刻等）数量差不多。

⑹ 妹婿：姓名不详。

⑹ 从卫：随从侍卫皇帝。

⑹ 洪州：今江西省南昌市。

⑹ 写本李、杜、韩、柳集：手抄本的李白、杜甫、韩愈、柳宗元的诗文集。

⑹《世说》：指《世说新语》。南朝宋刘义庆撰。是一部记载汉末到东晋士大夫言行的笔记小说。

⑹《盐铁论》：汉桓宽编著。记载汉昭帝时有关国家专卖盐铁问题的讨论。

⑹ 岿然：独特。

⑹ 上江：指安徽。安徽和江苏称上、下江。

⑹ 叵测：不可预料。

⑹ 敕局删定官：编修敕令所的删定官。专管编集皇帝的诏令。《宋史·职官志二》：“删定官掌裒集诏旨，纂类成书。”

⑹ 睦：睦州。今浙江省建德市。

⑺ 行朝：行宫。

⑺ 驻跸章安：皇帝的车驾停在章安。

⑺ 绍兴辛亥：公元1131年。宋高宗绍兴元年。

⑺ 疾亟：病危。

⑭ 珉：有些像玉的石头。

⑮ 颁金：颁，赐予。一般注释谓“拿玉壶献给金人”，意即通敌。但“颁”不可能解作“献”。清人俞正燮《易安居士事辑》作“颂金”，可通，但未知所据。

⑯ 密论列：秘密地向皇帝议论、举发这件事。

⑰ 将：携带。

⑱ 走外廷投进：赶到朝廷那里，把东西送去。

⑲ 无虑：大概。

⑳ 簏：竹箱。

㉑ 平平：普普通通的。

㉒ 如护头目：好像保护头和眼睛。

㉓ 东莱静治堂：赵、李在莱州的堂名。

㉔ 芸签缥带：指书的装潢很考究。古人藏书多用芸香驱蠹虫，书签间夹以芸香。缥带，用浅青色的带子束书。缥，浅青色。

㉕ 手泽：原意是为手汗所润泽，《礼记·玉藻》：“父没而不能读父之书，手泽存焉尔。”后亦借指先人遗物。此处指明诚校勘题跋的书籍。

㉖ 墓木已拱：指人死已久。拱，双手合抱。《左传·僖公三十二年》：“尔何知？中寿，尔墓之木拱矣。”

㉗“昔萧绎”三句：萧绎，即梁元帝。建都江陵（今湖北省江陵县）。江陵被周人攻破，萧绎命舍人高善宝焚毁古今图书十四万卷，自己打算一并投入火中，和图书一道毁灭，被宫人救了下来。他用宝剑击柱，非常感慨地说：“文武之道，今夜穷矣！”见《太平御览》卷六百十九引

《三国典略》。

⑱“杨广”三句：杨广，即隋炀帝，死在江都（今江苏省扬州市）。亡国后，唐人把他收藏的图书八千多本从洛阳运往长安，有人梦见杨广大声叱骂：“为什么搬我的书？”书经过黄河，忽然大风翻船，一本书也没有剩。那人又梦见杨广很高兴地说：“我已经得到书了。”见《太平广记》卷二百八十引《大业拾遗》。

⑲著：固执地贪恋。

⑳菲薄：微薄。

㉑尤物：特别好的东西。

㉒“余自”两句：陆机，字士衡，晋代文学家。唐杜甫《醉歌行》：“陆机二十作文赋。”蘧瑗，字伯玉，春秋时卫大夫。《淮南子·原道训》说他五十而知四十九之非。这两句是从十八岁到五十二岁的意思，中间正好三十四年。

㉓“人亡弓”两句：《吕氏春秋·贵公》篇记载：荆（楚）人有遗失弓的，认为荆人失了弓，荆人得到弓，还属于荆人，不必去找。孔子听到说：“去掉‘荆’就好了。”意思说人失了弓，还是人得到，何必一定要属于自己呢？

㉔绍兴二年玄黓岁壮月朔甲寅：玄黓岁壮月朔甲寅，就是壬子年八月二十七日。绍兴二年（1132）正是壬子。《尔雅·释天》：“太岁……在壬曰玄黓。”又：“八月为壮。”甲寅，这一月的二十七日。古代记日，要在前头记上这一月朔（初一）日的干支。这里“朔”字上漏掉一个干支。按：李清照作序时是五十二岁，应为绍兴五年（1135）；这里却说是绍兴二年，当是后人因序中记事到壬子为止而加上去的。详见夏承焘《题〈易安居士事辑后语〉之后》蒋礼鸿、盛静霞跋（培按：该跋见本书附录）。

明　佚名　仕女图册(局部)

八五 评词

乐府声诗[1]并著，最盛于唐。开元、天宝间，有李八郎[2]者，能歌，擅天下[3]。时新及第进士[4]开宴曲江[5]，榜中一名士先召李，使易服隐名姓[6]，衣冠故敝，精神惨沮[7]，与同之宴所曰："表弟愿与坐末[8]。"众皆不顾。既酒行乐作，歌者进，时曹元谦、念奴[9]为冠。歌罢，众皆咨嗟称赏。名士忽指李曰："请表弟歌。"众皆哂，或有怒者。及转喉发声，歌一曲，众皆泣下。罗拜曰："此李八郎也。"自后郑卫之声[10]日炽，流靡之变[11]日烦，已有《菩萨蛮》《春光好》《莎鸡子》《更漏子》《浣溪沙》《梦江南》《渔父》等词[12]，不可遍举。五代干戈，四海瓜分豆剖，斯文道熄，独江南李氏君臣[13]尚文雅，故有“小楼吹彻玉笙寒[14]”“吹皱一池春水[15]”之词。语虽奇甚，所谓“亡国之音哀以思[16]”也。逮至本朝[17]，礼乐文武大备，又涵养[18]百余年，始有柳屯田永[19]者，变旧声作新声[20]，出《乐章集》[21]，大得声称于世，虽协音律，而词语尘下[22]。又有张子野[23]、宋子京兄弟[24]、沈唐[25]、元绛[26]、晁次膺[27]辈继出，虽时时有妙语，而破碎何足名家？至晏元献[28]、欧阳永叔[29]、苏子瞻[30]，学际天人[31]，作为小歌词，直如酌蠡水于大海[32]，然皆句读[33]不葺[34]之诗尔。又往往不协音律者何耶？盖诗文分平仄，而歌词分五音[35]，又分五声[36]，又分六律[37]，又分清、浊、轻、重[38]。且如近世所谓《声声慢》《雨中花》《喜迁莺》，既押平声韵，又押入声韵。《玉楼春》本押平声韵，又押上去声，又押入声。本押仄声韵，如押上声则协；如押入声，则不可歌矣。王介甫[39]、曾子固[40]，文章似西汉[41]，若作一小歌词，则人必绝倒[42]，不可读也。乃知词别是一家，知之者少。后晏叔原[43]、贺方回[44]、秦少游[45]、黄鲁直[46]出，始能知之。又晏苦无铺叙，贺苦少典重，秦即专主情致而少故实[47]，譬如贫家美女，虽极妍丽丰逸，而终乏富贵态。黄即尚故实而多疵病，譬如良玉有瑕，价自减半矣。

① 乐府声诗：乐府指用于雅乐和雅舞的歌辞，配合音乐的大曲、长短句的歌辞。声诗指配合音乐的句子长短不一的诗篇。

② 李八郎：指李衮。唐代有名的歌者。《唐国史补》："李衮善歌，初于江外，而名动京师。崔昭入朝，密载而至。……绐言表弟，请登末坐，令衮弊衣以出，合坐嗤笑。顷命酒，昭曰：'欲请表弟歌。'坐中又笑。及转喉一发，乐人皆大惊曰：'此必李八郎也。'遂罗拜阶下。"

③ 擅天下：擅名天下。天下闻名。

④ 新及第进士：新考取的进士。

⑤ 开宴曲江：在曲江宴会。曲江在当时京师长安东南，是游人赏玩的地方。唐时风俗，新进士及第后，在曲江宴会。

⑥ 易服隐名姓：换了衣服，改了姓名。

⑦ 精神惨沮：精神很坏。

⑧ 愿与坐末：愿意参与宴会，坐在最后的座位上。

⑨ 曹元谦、念奴：都是当时有名的歌者。曹元谦未详。唐元稹《连昌宫词》："力士传呼觅念奴，念奴潜伴诸郎宿。"自注："念奴，天宝中名倡，善歌。每岁楼下酺宴，累日之后，万众喧隘……明皇遣力士大呼于楼上曰：'欲遣念奴唱歌……能听否？'未尝不悄然奉诏。其为当时所重也如此！"

⑩ 郑卫之声：《诗经》有《郑风》《卫风》，因恋爱诗比较多，后人用封建观点来看，指为淫诗。"郑卫之风""郑卫之声"指当时乐府和声诗内容和音节的浮艳。

⑪ 流靡之变：流荡柔靡的曲调。

⑫ "已有"句：《菩萨蛮》等都是曲调名，也就是词牌名。

当时“词”的专名还没有确定，所以也称为“曲”。

⑬ 江南李氏君臣：指南唐中主李璟、后主李煜和大臣冯延巳等，都是名词人。

⑭ 小楼吹彻玉笙寒：李璟《浣溪沙》词里的句子。

⑮ 吹皱一池春水：冯延巳《谒金门》词里的句子。冯在李璟朝作此词，李璟曾问他：“吹皱一池春水，干卿底事？”冯回答说：“哪里比得上陛下的‘小楼吹彻玉笙寒’？”见宋陆游《南唐书》。

⑯ 亡国之音哀以思：《诗经·大序》的成句。哀以思，悲哀而令人思念。南唐自李璟时就被北方的周所侵凌，国势日削，终于被宋所灭，故称“亡国”。《唐宋诸贤绝妙词选》评李煜词用此语。

⑰ 本朝：指宋朝。

⑱ 涵养：比喻恩德及物，像雨露滋润草木。

⑲ 柳屯田永：北宋名词人柳永，曾做屯田员外郎。

⑳ 变旧声作新声：柳永曾创造了不少新词，是根据民间的词调加工的。

㉑《乐章集》：柳永词集的名字。

㉒ 词语尘下：词里的语言龌龊，趣味低级。这是李清照对柳永的批评，因为柳永词里很喜欢用方言俗语，描写妓女生活较多。

㉓ 张子野：词人张先，字子野，他的词语言清新。

㉔ 宋子京兄弟：宋祁字子京，与兄宋庠同时举进士。人称“大、小宋”。宋祁词语言工丽。宋庠词现已失传。

㉕ 沈唐：字公述，现存少量词，见《花庵词选》。

㉖ 元绛：字厚之，官至太子少保。现仅存词一首，见《花草粹编》。

㉗ 晁次膺：晁端礼字次膺，宋词人，熙宁进士，晚年以承事郎为大晟府协律郎。有《闲适集》。

㉘ 晏元献：即晏殊，字同叔，官至同平章事，兼枢密使，谥元献。欧阳修、王安石都是他的门下士。他词风婉丽，多写悠闲生活，继承南唐风格。有《珠玉词》。

㉙ 欧阳永叔：欧阳修字永叔，号醉翁、六一居士，官至枢密副使、参知政事。是北宋著名的散文家，也是有名的诗人和词人。他的词风和晏殊很接近。有《六一词》。

㉚ 苏子瞻：苏轼字子瞻，号东坡居士，官至翰林学士，因反对王安石变法，被贬斥。他是文学、艺术的多面手，诗、文、词、书法无不擅长。他融诗入词，扩大词境，风格豪放，对后世影响很大。有《东坡乐府》词集。

㉛ 学际天人：学问广博。自然界和人类社会的知识都通晓。

㉜ 酌蠡（lí）水于大海：蠡，瓠瓢，用瓠瓢取海水，比喻很容易。语出《汉书·东方朔传》"以蠡测海"，原意是用瓠瓢测量大海，比喻见识短浅，不能看到事物的全貌。

㉝ 句读（dòu）：古代的标点。文辞语意已尽处为"句"，语意未尽而须停顿处为"读"，书面上用圈（句号）点（读号）来标记。唐韩愈《师说》："句读之不知，惑之不解，或师焉，或不焉。"

㉞ 不葺：不整齐。

㉟ 五音：音韵学上按照声母的发音部位分唇音、舌音、牙音、齿音、喉音五类，谓之"五音"。

㊱ 五声：指宫、商、角、徵、羽五个音级。

㊲ 六律：中国古代将乐律分为黄钟、大吕、太簇、夹钟、姑洗、仲吕、蕤宾、林钟、夷则、南吕、无射、应钟十二律。奇数各律称“律”，偶数各律称“吕”，总称“六律”“六吕”。

㊳ 清、浊、轻、重：音韵学术语，即清音、浊音、轻音、重音的省称。

㊴ 王介甫：王安石字介甫。北宋神宗朝宰相。力主改革政治，推行新法。所作诗文自成一家，工散文，为“唐宋八大家”之一。其词虽不多，而风格高峻。

㊵ 曾子固：曾巩字子固，官至中书舍人。也是“唐宋八大家”之一。

㊶ 文章似西汉：西汉即前汉，当时颇多散文家，其中司马迁的《史记》是西汉文章的代表。

㊷ 绝倒：大笑不能自持。《新五代史·晋家人传》：“左右皆失笑，帝亦自绝倒。”

㊸ 晏叔原：晏几道字叔原，号小山，晏殊的幼子。其词风格婉约，情调感伤。有《小山词》。

㊹ 贺方回：贺铸字方回，官至通判。能诗文，尤工词，其词风格多变，内容丰富，在北宋词坛上相当突出。有《东山乐府》词集。

㊺ 秦少游：秦观字少游、太虚，号淮海居士，曾任秘书省正字。文辞为苏轼所欣赏，是“苏门四学士”之一。工诗词，其词风格柔婉，笔触细腻，感伤情调很浓，为北宋婉约词派的代表作家。有《淮海集》。

㊻ 黄鲁直：黄庭坚字鲁直，号山谷道人、涪翁，曾任著作佐郎等职。他的诗和苏轼并称，是江西诗派的开创者。他的词影响不大，但某些词也具有清新的风格。有《山谷集》。

㊼ 故实：故事，史实。

八六 祭赵湖州文（断句）

白日正中，叹庞翁之机捷[①]；坚城自堕，怜杞妇之悲深[②]。

①“白日”两句：说明赵明诚预知自己将死。《景德传灯录》卷八：“襄州居士庞蕴者，……机辩迅捷，……居士将入灭，令女灵照出视日早晚，及午以报，女遽报曰：‘日已中矣，而有蚀也。’居士出户观次，灵照即登父座，合掌坐亡。居士笑曰：‘我女锋捷矣。’于是更延七日。州牧于公问疾次，居士谓曰：‘但愿空诸所有，慎勿实诸所无。好住世间，皆如影响。’言讫，枕公膝而化。”

②“坚城”两句：说自己像杞梁妻一样悲痛。春秋时齐大夫杞梁随庄公攻莒，被俘而死。传说其妻孟姜哭夫十日，城墙倒塌，孟姜投水而死。后来民间演变为孟姜女哭倒长城的故事，以杞梁为秦始皇筑长城而死。

八七 贺人孪生启（断句）

无午未二时之分，有伯仲两楷之似。既系臂而系足，实难弟而难兄[1]。玉刻双璋[2]，锦挑对褓[3]。任文二子孪生，德卿生于午，道卿生于未。张伯楷、仲楷兄弟，形状无二。白汲兄弟，母不能辨，以五彩绳，一系于臂，一系于足。引自《琅嬛记》。

① 难弟而难兄：东汉陈纪，字元芳；弟谌，字季芳。两人的儿子争论元芳、季芳谁的功德大，去请问祖父陈寔，寔道："元芳难为兄，季芳难为弟。"意思是说两个人都很好，做他们的兄弟很不容易。见《世说新语·德行》。后因谓兄弟并美为"难弟难兄"。

② 璋：玉器名。下方上尖的叫"圭"，半圭为璋。

③ 褓：婴儿用的包被。

八八　汉巴官铁量铭注

此盆色类丹砂。鲁直石刻云："其一曰：秦刀，巴官三百五十戊，永平七年第二十七酉。"余绍兴庚午[1]岁亲见之。今在巫山县治，韩晖仲云。

① 绍兴庚午：宋高宗绍兴二十年（1150）。

南宋　马麟　梅竹图(局部)

八九

上内翰綦公[1]（崇礼）启

清照启：素习义方[2]，粗明诗礼。近因疾病，欲至膏肓；牛蚁不分[3]，灰钉已具[4]。尝药虽存弱弟，膺门[5]惟有老兵。既尔苍皇[6]，因成造次[7]。信彼如簧之说[8]，惑兹似锦之言[9]。弟既可欺，持官文书[10]来辄信；身几欲死，非玉镜架亦安知[11]？僶俛难言[12]，优柔[13]莫决。呻吟未定，强以同归；视听才分，实难共处。忍以桑榆之晚景[14]，配兹驵侩之下材[15]！身既怀臭之可嫌，惟求脱[16]去；彼素抱璧之将往，决欲杀之[17]。遂肆侵凌，日加殴击；可念刘伶之肋[18]，难胜石勒之拳[19]！局地叩天[20]，敢效谈娘之善诉[21]；升堂入室，素非李赤之甘心[22]。外援难求，自陈何害？岂期末事，乃得上闻。取自宸衷，付之廷尉。被桎梏而置对，同凶丑以陈词。岂惟贾生羞绛、灌为侪[23]，何啻老子与韩非同传[24]？但祈脱死，莫望偿金。友凶横者十旬，盖非天降；居囹圄[25]者九日，岂是人为？抵雀捐金，利当安往？将头碎璧，失固可知[26]！实自谬愚，分知狱市[27]。此盖伏遇内翰承旨，搢绅[28]望族[29]，冠盖[30]清流[31]，日下[32]无双，人间第一。奉天克复，本缘陆贽之词[33]；淮蔡底平，实以会昌之诏[34]。哀怜无告，谁为解骖[35]？感戴鸿恩，如真出己[36]。故兹白首，得免丹书[37]。清照敢不省过知惭，扪心[38]识愧？责全、责智，已难逃万世之讥；败德、败名，何以见中朝[39]之士？虽南山之竹，岂能穷多口之谈[40]？惟智者之言，可以止无根之谤[41]。高鹏、尺鷃，本异升沉；火鼠、冰蚕，难同嗜好[42]。达人共悉，童子皆知，愿赐品题，与加湔洗。誓当布衣疏食，温故知新[43]。再见江山，依旧一瓶一钵[44]；重归畎亩[45]，更须三沐三熏[46]。忝在葭莩[47]，敢兹尘渎！

① 綦公：指綦崇礼。字叔厚，高密人。幼聪明豪迈。高宗时历任漳州、明州知府，拜翰林学士。立朝端方正直，不畏强暴。多次上书议论时政，指陈缺失。曾于秦桧罢相时，揭露其罪恶。官终绍兴知府。

② 义方：做人应该遵守的规矩法度。

③ 牛蚁不分：指病重。《晋书·殷仲堪传》："仲堪父尝患耳聪，闻床下蚁动，谓之牛斗。"

④ 灰钉已具：指即将死亡。灰钉是钉棺的铁钉和棺中石灰的合称，都是殓尸封棺所用之物。《梁书·徐勉传》勉论表疏曰："故属纩才毕，灰钉已具，忘狐鼠之顾步，愧燕雀之徊翔。"

⑤ 膺门：膺，同"应"。应门就是照管门户。

⑥ 苍皇：同"苍黄""仓皇"，慌张，匆忙。唐杜甫《新婚别》诗："誓欲随君去，形势反苍黄。"

⑦ 造次：轻率。

⑧ 如簧之说：巧妙、好听、骗人的话。《诗·小雅·巧言》："巧言如簧。"簧是管乐器中发音的薄叶。

⑨ 似锦之言：漂亮、好听的话。

⑩ 官文书：官方文书。

⑪ "非玉镜架"句：哪里知道并不是好姻缘呢？玉镜架即玉镜台。晋温峤得玉镜台，后丧妇，其姑母有女，遂以玉镜台为聘礼订婚。见《世说新语·假谲》。后来就用玉镜台指婚配。

⑫ 僶（mǐn）俛（miǎn）难言：僶俛，努力。意思说很想讲，但讲不出。

⑬ 优柔：迟疑。

⑭ 桑榆之晚景：落日时的余光，比喻人的垂老之年。《后汉书·冯异传》："失之东隅，收之桑榆。"东隅指日出处，桑榆指日落处。

⑮ 驵（zǎng）侩（kuài）之下材：市侩下等人。

⑯ 脱：离。

⑰ "彼素"两句：似说张汝舟早就蓄谋要夺李清照收藏的古器书画，不给他，就决心杀人劫货了。璧，代指古器书画。《左传·哀公十七年》："（卫庄公）曰：'活我，吾与汝璧。'己氏曰：'杀汝，璧其焉往？'"

⑱ 刘伶之肋：《晋书·刘伶传》："尝醉，与俗人相忤，其人攘袂奋拳而往，伶徐曰：'鸡肋不足以安尊拳。'其人笑而止。"

⑲ 石勒之拳：《晋书·石勒载记下》："初，勒与李阳邻居，岁尝争麻池，迭相殴击。至是……引阳臂笑曰：'孤往日厌卿老拳，卿亦饱孤毒手。'"厌，也是饱的意思。石勒是十六国时期后赵之主，壮健雄武。

⑳ 局地叩天：犹"局天蹐地"，在天地间无所容身，形容窘迫，恐惧。《诗·小雅·正月》："谓天盖高，不敢不局；谓地盖厚，不敢不蹐。"局，弯曲着身体；蹐，重叠着脚，用极小的步子走路。叩天，向天呼吁。

㉑ 谈娘之善诉：谈娘，即踏谣娘。也是南北朝乐舞节目名。唐崔令钦《教坊记》："《踏谣娘》：北齐有人姓苏，鮑鼻，实不仕，而自号为郎中，嗜饮酗酒，每醉辄殴其妻。妻衔悲，诉于邻里。时人弄之。丈夫著妇人衣，徐行入场，行歌，每一叠，旁人齐声和之云：'踏谣，和来！踏谣娘苦，和来！'以其且步且歌，故谓之'踏谣'；以其称冤，故言'苦'。及其夫至，则作殴斗之状，以为笑乐。"谈，"踏谣"之音转。

㉒ "升堂"两句：意思是到了后夫家，但不能像李赤那样甘

心死在厕所里。即不能老死在这种肮脏的地方。李赤，江湖狂人，最后决心死在厕所里。见柳宗元《李赤传》。宋人胡仔《苕溪渔隐丛话》记载："易安再适张汝舟，未几反目。"详见本篇说明。

㉓"岂惟"句：贾生，即贾谊，西汉杰出的政论家、辞赋家。《史记·屈原贾生列传》："于是，天子议以为贾生任公卿之位，绛、灌、东阳侯、冯敬之属尽害之。乃短贾生曰：'洛阳之人，年少初学，专欲擅权，纷乱诸事。'于是天子后亦疏之，不用其议。"绛、灌，即绛侯周勃和灌婴，都是才能不如贾谊的人。侪，同辈。但本传并无"羞绛灌为侪"语，《史记·淮阴侯列传》："居常鞅鞅（怏怏），羞与绛、灌等列。"此处"贾生"系误用，当作"韩信"或"淮阴"。

㉔"何啻"句：意思说我和张汝舟在一起，和老子、韩非放在一个传里不伦不类有什么差别呢？《史记·老庄申韩列传》把老子和韩非放在一个传里是有见解的，但一般人不理解。

㉕囹圄：牢狱。

㉖"抵雀"四句：前两句说想得到雀儿，却用金弹子去投掷，有什么利益可图呢？《庄子·让王》："今且有人于此，以随侯之珠弹千仞之雀，世必笑之，是何也？则其所用者重，而所要者轻也。"庾信《谢滕王集序启》："荆玉抵鹊，正恐轻用重宝。"黄金、珠、玉都是贵重之物，雀、鹊都是小动物。李氏用庄子、庾信意，文字稍有变化，意思都是以重换轻，不值得。后两句说：我如果拼命，宁愿头和璧一道碎，那也是不值得的。《史记·廉颇蔺相如列传》："（相如）谓秦王曰：'……臣观大王无意偿赵王城邑，故臣复取璧，大王必欲急臣，臣头今与璧俱碎于柱矣！'"

㉗"实自"两句：李氏谓实是自己谬愚招祸，命该如此，身

入狱、市是非之地，无可奈何。《史记·曹相国世家》：“参去，属其后相曰：‘以齐狱、市为寄，慎勿扰也。’”宋朱翌《猗觉寮杂记》卷下：“狱如教唆词讼、资给盗贼，市如用私斗秤、欺谩变易之类，皆奸人图利之所。”

㉘ 搢绅：插笏于绅带，旧时官宦或儒者的装束，后为官宦或儒者的代称。

㉙ 望族：有声望的世家大族。

㉚ 冠盖：冠服和车盖，用来指做官的。

㉛ 清流：旧时常用来称负有时望，不肯与权贵同流合污的士大夫。

㉜ 日下：指京都。《晋书·陆云传》：“云与荀隐素未相识，尝会华（张华）坐。华曰：‘今日相遇，可勿为常谈。’云因抗手曰：‘云间陆士龙。’隐曰：‘日下荀鸣鹤。’”荀隐，颍川人，颍川与当时西晋的首都洛阳相近，故称“日下”。

㉝ “奉天”两句：说唐代能平定奉天（今陕西省乾县）之乱，收复失地，都由于陆贽文笔好，代皇帝起草诏书，发挥了巨大作用。当时朱泚据奉天叛乱，见《旧唐书·陆贽传》。此处借陆贽赞扬綦崇礼。綦擅长写诏书，见《宋史》本传。

㉞ “淮蔡”两句：用意与上两句同。但典故误用。唐宪宗时淮西节度使李希烈、蔡州刺史吴元济叛变，元和十二年（817）均被讨平，见《旧唐书·李希烈、吴少诚附吴元济传》。“会昌”是唐武宗年号，仅有六年（841—846）。在元和后二十余年，当是误用。清俞正燮改“会昌”为“昌黎”（韩愈字），韩愈写过《平淮西碑》，但并未代皇帝写过诏书，此说只能存疑。近人王学初《李清照集校注》认为“淮蔡”当作“泽潞”，并引《旧唐书·李德裕传》：“自开成五年冬回纥至天德，至会昌四年八月平泽潞，首尾五年，其……军中书诏，奏请云合，起草指踪，皆独决

于德裕。”似较可通。泽州、潞州均系唐方镇名，两州时分时合，辖区屡有变化，相当于今河北内丘、山西沁水等地，先后为刘从谏、刘稹等盘踞为乱。

㉟ 解骖：以财物救人之急。《史记·管晏列传》：“越石父贤，在缧绁中。晏子出，遭之途，解左骖赎之。”

㊱ “感戴”两句：说感綦大恩，如綦释之于狱。《左传·成公三年》：“荀罃之在楚也，郑贾人有将置诸褚中以出，既谋之，未行，而楚人归之。贾人如晋，荀罃善视之，如实出己。”褚，装衣服的袋。

㊲ 丹书：古时用朱笔记录的罪犯徒隶名籍。《左传·襄公二十三年》：“斐豹，隶也，著于丹书。”

㊳ 扪心：摸摸胸口，反省自问。

㊴ 中朝：朝中，朝廷。唐韩愈《石鼓歌》：“中朝大官老于事。”

㊵ “虽南山”两句：《旧唐书·李密传》：“罄南山之竹，书罪未穷。”原意说即使把南山的竹子都制成竹简，也写不完他（指隋炀帝）的罪恶。李氏用此典，加以变化，是说虽把南山的竹子都制成竹简，也写不完那些多嘴人的话。指诽谤她的话很多。

㊶ “惟智者”两句：只有高明的人，才能阻止无根据的诽谤。《荀子·大略》：“流丸止于瓯臾（瓯、臾都是瓦器），流言止于智者。”李氏此意为赞扬綦是“智者”，替她抵住了流言蜚语。

㊷ “高鹏”四句：《庄子·逍遥游》：“穷发之北，……有鸟焉，其名为鹏，背若泰山，翼若垂天之云，抟扶摇羊角而上者九万里，绝云气，负青天，然后图南，且适南冥也。斥鴳笑之曰：‘彼且奚适也？我腾跃而上，不过数仞而下，翱翔蓬蒿之间，此亦飞之至也，而彼且奚适也？’”斥鴳，

亦作“尺鷃”。火鼠，《神异经·南荒经》：“南荒外有火山，其中生不尽之木，昼夜火燃，……火中有鼠，重千斤，毛长二尺余。”冰蚕，《拾遗记》：“（员峤山）有冰蚕，长七寸，黑色，有角有鳞，以霜雪覆之，然后作茧。”此四句以两对动物比喻两人志趣完全不同。

㊸ 温故知新：吸取过去的经验，认识现在。语出《论语·为政》：“温故而知新，可以为师矣。”

㊹ “再见”两句：将来我愿意过最艰苦的生活。瓶、钵是和尚用来饮水、盛饭之器。五代诗僧贯休入蜀，献诗云：“一瓶一钵垂垂老，千水千山得得来。”见《全唐诗话》。

㊺ 畎亩：田地，此处指民间。

㊻ 三沐三熏：《国语·齐语》：“庄公（鲁庄公）将杀管仲，齐使者请……齐使受之而退。比至，三衅三浴之。”韦昭注：“以香涂身曰衅，亦或为熏。”此处李氏表示自己将多次沐浴熏香，拜谢綦的恩德。

㊼ 葭莩：芦苇里面极薄的一层膜，比喻疏远的亲戚。此处是说自己和綦有亲戚关系。

这篇启载于宋人赵彦卫《云麓漫钞》，是有关李氏改嫁的重要材料。宋人一些笔记，如王灼《碧鸡漫志》、胡仔《苕溪渔隐丛话》有李氏在赵明诚死后改嫁又离异的记载，但语焉不详。南宋李心传《建炎以来系年要录》卷五十八：“绍兴二年（1132）……右承奉郎、监诸军审计司张汝舟属吏，以汝舟妻李氏讼其妄增举数入官也。其后有司当汝舟私罪徒，诏除名，柳州编管。（十月己酉行遣。）李氏，格非女，能为歌词，自号易安居士。”此是记载最详细的。以后明人开始怀疑改嫁未必属实。清代俞正燮、陆心源、况周颐等均考证李氏并未改嫁，认为这篇启是李氏为谢綦崇礼援手玉壶事件而作，经别人篡改，其中疑点甚多。现代诸家又分两派，对是否改嫁，尚无定论。

附录

盛静霞文①

怎样欣赏古典诗词

中国古典诗词是丰富多彩的，其中有不少作品可供我们欣赏和学习。现在根据个人的粗浅体会来谈谈如何欣赏古典诗词。

① 附录所辑盛静霞文的撰写时间不一，原稿所引李清照诗词文或因版本不同而存在文字出入，为避免造成读者的不便，现承前文统一，特此说明。

一

古典诗词创作时代和我们距离较远，语言文字的障碍相当大，不懂就谈不上欣赏。要欣赏，第一步要过文字关。

首先，古今语词不尽相同。例如：《诗经·伯兮》的：“焉得谖草，言树之背。”有人译成：“哪里来的忘情草，栽在我的脊梁上？”这就是用今义来解释古文而出了毛病的。余冠英先生的《诗经选》注释：“‘背’，古文和‘北’同字。这里‘背’指北堂，或称后庭，就是后房的北阶下。”这才是正确的解释。又如：李白《扶风豪士歌》：“……扶风豪士天下奇，意气相倾山可移。……原、尝、春、陵六国时，开心写意君所知。……”我们很容易用今义“快快活活，很舒服”来解释“开心写意”，这又错了。战国时的平原君、孟尝君、春申君和信陵君是历史上有名的诚恳待士的人，而这位“扶风豪士”和李白“意气相倾”，也和四公子情况一样。“开心写意”就是形容四公子的好客，能够向客人披露心意，倾泻自己的思想感情。要是解释作快活和舒服，那就和“意气相倾”联系不上了。其他，像白居易《长恨歌》：“可怜光彩生门户，”“可怜”的意思是“可羡”；“玉容寂寞泪阑干”，“阑干”的意思是“纵横”，都不能用现在的词义来解释。

其次，古今语法，也有不尽相同之处。词序不同和省略应特别注意。如杜甫《望岳》：“荡胸生曾云，决眦入归鸟。”这是望泰山而想象到登泰山时的境界，就现代语法结构看，“眦”（“决眦”是把眼睛睁得很大）是“入”的主语，“归鸟”是“入”的宾语，是目力达到归鸟里面的意思。实际不是这样，这是说登高望远，归鸟纷纷投入我的视线。由于登山者立足极高，看得极远，才能如此。作者不写山高，要写视远；不写我见物，而写物来让我见，表现手法很高妙生动。如果照现代语法来理解，就平板无味了。

古典诗词，由于篇幅和句式的限制，许多可以意会的部分常常被尽可能地省去。这种省略比一般语法上的省略更加彻底，更要求读者细心玩味。试以欧阳修的《踏莎行》词为例（括号里的是我给补上的，必须说明，这里只是补上了省掉的意思，如果把补上的当作本文所原有的，那就词不成词了），以见一斑：

侯馆梅残，溪桥柳细，草熏风暖（我手）摇征辔。（我的）离愁渐远渐无穷，（它）迢迢不断如春水。

（我想起家中爱人一定是）寸寸柔肠，盈盈粉泪，（你）楼（虽）高（也）莫近危栏倚。（你可知你只能望到）平芜尽处是春山，（而我）行人更在（望不到的）春山外。

再次，古典诗词常常运用典故。有时候不知道是典故也讲得通，有时候却不行。贺铸《青玉案》词："凌波不过横塘路，但目送，芳尘去。"又："碧云冉冉蘅皋暮，彩笔新题断肠句。"这里"凌波"是用曹植《洛神赋》："凌波微步，罗袜生尘。""凌波"就指美人的步履，这句是说，她没有经过横塘就走过去了。横塘是男子的住处，这里透露了他对那位美人的爱慕。"碧云"句不是泛泛的写景，而是用了江淹拟汤惠休的诗："日暮碧云合，佳人殊未来。"表达了盼望她来而盼不到的心情。如果不知道这些典故，就不知道作者在说些什么了。

二

在初步扫除文字障碍后，还要进一步了解古典诗词中一些常用的艺术技巧。

1. 比喻。比喻是从《诗经》以来的古典诗词传统艺术手法。明喻容易理解，这里不谈。特别应当注意的是那些暗喻。屈原《离骚》可以说是极瑰丽的暗喻之大观，这里不能详细介绍。其中如描写他升天入地去追求“有虞之二姚”“宓妃”“有娀之佚女”等，这几位都是古代的贤妃，早就嫁了古代有名的帝皇，难道屈原如此疯狂？原来这都是用以代表光明和理想的。屈原在写自己和楚怀王及当时一班谗臣的关系时，把自己比为一个被人忌妒的女子：“众女嫉余之蛾眉兮，谣诼谓余以善淫。”试想，旧社会里被压抑被束缚的女人，又是多么不幸痛苦！屈原这些暗喻，正是再切适不过的艺术手法，绝不是色情狂或故作姿态。这种手法为古典作家所继承，辛弃疾《摸鱼儿》（更能消几番风雨）一首就是突出的一例。他把自己比为被遗弃而关闭在长门宫里的陈皇后，把排挤他的投降派的朝臣比作善妒的赵飞燕和杨玉环。再如杜甫的诗集里有许多咏马、鹰、鹘等的诗，大抵咏马的都是比喻有抱负和才能的人，或者希望其能建功立业，或者慨叹其屈沉下位；咏鹰、鹘的都比喻行侠仗义，能锄奸扶良的人；这里面注入了作者深厚的感情，决不是泛泛的客观主义的咏物诗。总之，能够深入于诗词的喻意，才能深入地开拓作者的内心世界。

2. 含蓄。古典诗词往往字数很少而味道很浓，这就是含蓄之功！晏几道《临江仙》词："落花人独立，微雨燕双飞。"没有一个字描写感情，而伤春念别之情在于言外。落花纷飞，此人为何独自伫立？丝丝微雨，是怎样的境界？燕子双飞又引起了什么感情？都值得我们深思。李商隐《楚宫》诗："暮雨自归山悄悄，秋河不动夜厌厌。"好像完全是在写景，实际上是寓情于景。暮雨已歇，展示在眼前的只有静悄悄的青山；银河横在天上没有转动，夜长得没有底。为什么觉得夜长？为什么深夜不眠？为什么一直看着银河？这也是耐人寻味的。如果仔细一想，就可以懂得是意中人已去（"暮雨"也是典故，宋玉《高唐赋》说巫山神女"朝为行云，暮为行雨"，这里就用"暮雨"象征所爱的女子），四周只剩下一个寂静的境界，空虚得连一点活动的足以慰情之物都没有，而自己又是那么抛撇不下，好像暮山、银河那畔还可能有那人的消息。读了这样的诗句，我们知道，满纸是“空虚、寂寞、多么固执的爱”云云，真是语言中的笨伯。

3. 字句锻炼。古典诗词常常出现警句，甚至一个字也是经过千锤百炼的，内容丰富，力透纸背，不能轻轻放过。杜甫《春夜喜雨》诗：“晓看红湿处，花重锦官城。”花只有繁茂，怎么会重呢？原来经过一夜的雨，花被雨打湿了，所以花朵重了，都低垂了下来，这里既写了花之盛开，又写了花之受雨，却又不是受了猛雨的摧残，恰是春雨后的情景。史达祖《绮罗香·春雨》词：“惊粉重蝶宿西园，喜泥润燕归南浦。”从蝶、燕的感觉来刻画春雨，蝴蝶吃了一惊，因为它感到翅膀上的粉重了，它不能再轻盈地飞翔，只好到西园睡觉去了；燕子高兴地觉察到泥土滋润了，正好衔泥做窠。这里所描写的正是连绵不断的春雨。如果是狂风暴雨，蝴蝶、燕子的感觉就不会那样轻松，而且暴雨一过，蝴蝶可以立刻出来活动，不用那样懒懒的了。蝴蝶、燕子都写得那样敏感，这正是诗人的敏感。在这两句里，“惊”“喜”都是锻炼过的，前人称为“词眼”，词眼是一句中精神贯注的地方。其他如李清照的“绿肥红瘦”（《如梦令》)、“宠柳娇花”(《念奴娇》)。用形容人的“肥”和“瘦”,来形容雨后的海棠花虽未凋零,却是红得憔悴、绿得(叶子)滋润。不说春天花柳很得意,却说春光在宠她们、娇养她们,这就体现了花柳在春光中欣欣向荣的姿态,都非常细致新颖,不愧为警句。

虚词的运用也如此,似乎作者是随手拈来的,但实际很有分寸。如柳永的《雨霖铃》词:“此去经年,应是良辰好景虚设,便纵有千种风情,更与何人说?”用了好几个虚词,“应是”是推断之词,作者笃笃定定说以后的良辰美景都没有用了。为什么如此呢?请看下文:“便纵有”退了一步,即使有无限“风情”,可是有风情也不行,作者用“送出”的笔法来上个“更与”,因为“更与”谁讲呢?问题不在于有没有良辰美景,不在于有没有千种风情,而是不和意中人在一起,就什么都没有了。这首词是写临别之情的,其实现在还没有分开,但他却把分开以后年复一年的百无聊赖的心情,估计得千定万定,临别的留恋懊丧可知。这几个虚词,先是断定,然后一退一转,力破余地,深刻异常。

4. 篇章结构。弄清一篇作品的结构,对我们的理解欣赏,关系很大。诗词的结构与布局,平铺直叙的好懂，回环往复的就要特别注意：纳兰性德《浣溪沙》词："被酒莫惊春睡重，赌书消得泼茶香，当时只道是寻常！"作者并非描写闺房生活，而是在悼亡，写的是回忆过去美满的闺房生活所引起的痛苦。这里要注意"当时"：既然是"当时"，可见不是现在。当时以为普普通通的生活，现在也一去不复返，那么当时以为刻骨铭心的，今天更加是如雾如烟，渺不可求了。令人怀念的正在于此。最后一句揭出前文是回忆中的事情，这是倒叙，必须看懂这句才了解全篇。晏几道《鹧鸪天》词："彩袖殷勤捧玉钟，当年拚却醉颜红。舞低杨柳楼心月，歌尽桃花扇底风。　从别后，忆相逢，几回魂梦与君同，今宵剩把银釭照，犹恐相逢是梦中！"开始是回忆初次相逢的场面，再写别后总是怀念那初次的相逢，多次梦到相逢，现在才是真的相逢了；可是由于多次都是梦中相逢，还担心现在仍旧是梦中相逢，是梦是真无从辨别。"相逢"是一篇的线索，由相逢而别，由别而忆，由忆而梦，由梦而不信今日的相逢，从目前一步一步倒溯前情，章法如剥蕉抽茧，层层深入，把相逢后悲喜交集，悲中有喜，喜而不忘其悲的复杂感情表现得十分深刻，这是善于谋篇的效果。

古典诗词的艺术技巧是多方面的，上面只就重要的说一下。其他像双关语、对偶和排比的运用，音律的调和等等，就不能列举了。

三

除了从一字一句到一篇的玩索外，我们还要注意，不能孤立地看一篇作品，要全面地从作家的时代背景、生活遭遇来体会作品的思想情感。如辛弃疾的《鹧鸪天·鹅湖归病起作》词：

> 枕簟溪堂冷欲秋，断云依水晚来收。红莲相倚浑如醉，白鸟无言定自愁。
>
> 书咄咄，且休休，一丘一壑也风流。不知筋力衰多少，但觉新来懒上楼！

表面上看，仿佛辛弃疾只道欣赏风景，有点儿小病就嘀咕。实际呢？辛弃疾是一位起义抗金的志士，而南宋小朝廷醉生梦死，一心屈辱投降，多次对他加以打击，他不得已只好退居鹅湖，他对自己体力的衰退很敏感，但并非“叹老嗟卑”，而是担心英雄老去，不能尽力于抗金复国的事业。这和陆游“圣时未用征辽将，虚老龙门一少年”（《建安遣兴》）的感情是相同的，不过表现方式不同罢了。

再如前面说过的杜甫咏鹰、马的诗，是否仅仅是咏物呢？不。试看他的《高都护骢马行》：

> 安西都护胡青骢，声价欻然来向东。此马临阵久无敌，与人一心成大功。功成惠养随所致，飘飘远自流沙至。雄姿未受伏枥恩，猛气犹思战场利。……青丝络头为君老，何由却出横门道！

从胡马来时声价很高，一直写到“青丝络头为君老”，这匹马不是普通的马，它曾经“与人一心成大功”(以它与人心心相印的感情，使它的主人在战场上立过大功)，不但能力强，简直是通了神。可是现在呢，马主人对它很优待，却不知道使用它。它不愿受“伏枥恩”，不要在漂亮的“青丝络头”中老去，仍旧渴望着到“战场”上试试身手，再“出横门道”才是它的愿望。这哪里是写马？简直就是写人！这是无数封建社会有抱负有才能的知识分子（包括杜甫自己）怀才不遇的感情。他们不要物质的优遇，而要有机会为国家、人民做一番事业。像这一类作品，如果用“就事论事”的眼光去看，那就要削弱作品的思想性、艺术性了。

刊于华东师范大学《语文教学》1958年3月号

论李清照

1958年出版的北京大学中文系55级同学编写的《中国文学史》针对着过去古典文学研究领域中的种种不良倾向，用新的观点来阐明中国文学发展的规律，这是值得推重的一部著作。但其中对个别作家作品的评价是否都很妥当，还有待商讨。

最近《文学遗产》发表的棣华同志《不要提高也不要贬低李清照》一文，和《中国文学史》对李清照的看法是有出入的。我除基本上同意棣华同志的意见外，还想再补充几句。

《中国文学史》把李清照划入“北宋形式主义逆流”，认为她前期词是“整天嬉戏玩乐，沉溺在吟诗填词、赏玩古物的优闲生活里”的“贵妇人生活的写照”，后期词则是“只能引导人们走进她所描绘的灰色罗网，从而削弱人们的生活斗志”。对李清照词的思想内容是全部否定的。

李清照的词是不是该划入“逆流”？其思想内容是否应该全部否定？这是值得考虑的。

首先我认为棣华同志所提出的“要论断一个作家，

作品，必须用历史的眼光来衡量”是很要紧的。如果李清照生在现在，还要写出“冷冷清清、凄凄惨惨戚戚”的词，那当然是“灰色的罗网”“削弱生活斗志”，当然是要为我们摒弃的。但李清照所处的时代，以及她的生活环境是怎样的呢？她是一个生活在北宋末年的上层社会的妇女，受到了外族入侵、家破人亡的苦难，丈夫死后，孤苦伶仃地度过她的暮年。这样的生活，难道不允许她填写一些感伤的词吗？不但李清照，就是那些成就远远高出于她的作家，当他们不满意现实，而又无可奈何的时候，也会写出看来是“灰色”的作品，像“人生如梦，一尊还酹江月”（苏轼《念奴娇》），“而今何事最相宜？宜醉！宜游！宜睡！”（辛弃疾《西江月》），“春如旧，人空瘦，泪痕红浥鲛绡透”（陆游《钗头凤》）之类，也就看不出什么生活斗志来。所以，我们认为，对李清照的评价，如果脱离了她的时代和环境来要求她，是不妥当的。

《中国文学史》又说：“人民群众是擦干了眼泪，要求坚决抗战，而李清照却走向彻底自我毁灭的道路，界线原是如此分明。”李清照的情感当然和人民有很大距离，但要求她和人民群众完全一样，也未免不现实。至于她在国破家亡以后是不是走向“彻底自我毁灭的道路”，我认为也是值得讨论的。

我们要全面评价一个作家，就应当全面地研究他的作品。据《宋史·艺文志》，李清照有文集七卷，词六卷；《直斋书录解题》记载，她有集十二卷，词一卷（别本作五卷），遗憾的是她的作品在封建社会得不到应有的重视而大部遗失了。然而仅仅就这一些残存的诗文来看，她对生活的态度，并不像《中国文学史》编者所设想的那样消极，更不能得出“彻底自我毁灭”的结论来。现在我们节录她两首长诗《浯溪中兴颂碑和张文潜韵》的一部分来看看。

五十年功如电扫，华清花柳咸阳草。
五坊供奉斗鸡儿，酒肉堆中不知老。
……
何为出战辄披靡，传置荔枝多马死。
……
夏为殷鉴当深戒，简策汗青今具在。

——其一

君不见惊人废兴传天宝，中兴碑上今生草。

不知负国有奸雄，但说成功尊国老。

……

姓名谁复知安、史，健儿猛将安眠死。

……

时移势去真可哀，奸人心魄深如崖。
西蜀万里尚能返，南内一闭何时开？
可怜孝德如天大，反使将军称“好在”。

——其二

虽然这两首诗都是咏唐代的事，但借古讽今本是诗人惯用的手法，提出“夏为殷鉴”明是要当时人引以为戒，诗中揭露了宴安鸩毒，招致外侮，也影射了统治集团内部倾轧的事实，严厉地讥斥了统治集团的腐朽和无力抵御外侮的严重性，反映了当时社会的重大问题。

再看她献给出使金国的两位使臣韩肖胄、胡松年的诗：

想见皇华过二京，壶浆夹道万人迎。
连昌宫里桃应在，华萼楼头鹊定惊。
但说帝心怜赤子，须知天意念苍生。

圣君大信明如日，长乱何须在屡盟。

——《上韩诗》

……

闾阎嫠妇亦何知，沥血投书干记室。

夷虏从来性虎狼，不虞预备庸何伤？

……

巧匠何曾弃樗栎，刍荛之言或有益。

不乞隋珠与和璧，只乞乡关新信息。

灵光虽在应萧萧，草中翁仲今何若？

遗氓岂尚种桑麻，残虏如闻保城郭。

……

欲将血泪寄山河，去洒青州一抔土。

——《上胡诗》

从这两首诗里，我们看她正当这两人去奉表通好的时候，特地郑重其事、不揣冒昧地“沥血投书”。她丁宁周至地嘱咐胡松年不要轻视她的诗，“樗栎”“刍荛”也有可取之处，可见绝不是一般投谒的诗。她警告他“夷虏”凶如虎狼，不讲信义，要作准备。她关心遗民的生活。又说好像听见“残虏”在保卫城郭，言下之意，四郊未必无事，这就是她把“乡关信息”看得比“隋珠”“和璧”还可贵的原因。这个“信息”隐隐然指人民在四郊与敌人斗争的消息。再看《上韩诗》，那就很明显了。她认为真正讲信用，不须屡次订盟，而且屡盟还要滋长祸乱呢！总之，她对敌人的“虎狼”本质看得很清楚，不但不赞成订盟，而且希望使臣趁此机会带些“信息”来，这就是她“沥血投书”的深意。诗的感情很沉痛，而且有积极的建议，我们能说她没有“要求坚决抗战”的思想吗？能说她走向“彻底自我毁灭”的道路吗？

另外她还有一些断句，如“南渡衣冠少王导，北来消息欠刘琨”，《打马赋》的末尾“满眼骅骝及騄耳，时危安得真致此？木兰横戈好女子，老矣不复志千里，但愿相将过淮水”，又如《夏日绝句》诗：“生当作人杰，死亦为鬼雄。至今思项羽，不肯过江东。”不但讽刺了不思收复国土的官僚士大夫，还以歌颂宁死不屈的英雄项羽直接鞭挞了最高统治者——赵构的逃跑主义。甚至在游戏时也没有忘记收复国土，能说这一些富有感慨的诗是出于一个“彻底自我毁灭”的人之手吗？

为什么李清照在诗里所表现的思想感情在词里显得

稀薄呢？这首先是时代的风气，视词为“诗余”，只用来写写相思爱情。而词的篇幅短小，又有声律的束缚，也比较难于反映重大问题。但早在李清照前，就有范仲淹、王安石、苏轼都已突破了这一局限，与她同时的人如李纲、张元幹也开始以词反映爱国思想，以后的辛弃疾更是完全不受词体的束缚了。所以我们认为她之所以没有在词里表现关心国事的思想是和她对词体的保守观点分不开的。她在论词中，比较赞许的是晏几道、贺铸，也是一向视为“正宗”的词人。而她所批评的词人中则有王安石、苏轼，他俩是不受音律束缚，扩大词的领域的作家。她又说“乃知词别是一家，知之者少”。可见她认为词应当具有与诗不同的独特风格，她的观点还不能超出当时“正宗”的范围，这也许是她不以词来反映重大问题的原因。这种保守的观点，也就限制了她的词的成就。我们可以批评她的词的思想性不高，但却不能得出她仅仅是一个反映“贵妇人生活”的“词人”，更不能说她走向“彻底自我毁灭”的道路。

单看她的词，是否一无所取呢？我的看法也不然。她以清新、有创造性的语言反映了真挚的夫妇爱情、锐敏的生活感受，如“新来瘦，非干病酒，不是悲秋……

惟有楼前流水，应念我、终日凝眸”（《凤凰台上忆吹箫》），写离愁极其深刻。“试问卷帘人，却道：‘海棠依旧。’‘知否？知否？应是绿肥红瘦’”（《如梦令》），从非常细微的变化中锐敏地觉察到自然的变迁，表现了作者对美好事物的恋惜。虽然离愁、别恨、伤春、悲秋是一般的题材，但她写来也另有精神面貌。至于北宋覆亡后的词，如《武陵春》“物是人非事事休，欲语泪先流……只恐双溪舴艋舟，载不动、许多愁”，写痛苦流离的生活，非常深切，有强烈的感染力，我们难道不可以说，这些词在一定程度上反映了当时很多流离失所的人的痛苦心情吗？我们可以惋惜她在词里的思想感情没有在诗里表现得健康，但我们也不得不注意她后期词的艺术力量，和对后人的影响。至少我们看不出她的词会削弱当时人们的生活斗志。《中国文学史》赞扬《芦蒲笔记》所记载无名氏的《鹧鸪天》：

真个亲曾见太平，元宵且说景龙灯。四方同奏升平曲，天下都无叹息声。

长月好，定天晴，人人五夜到天明，如今一把伤心泪，犹恨江南过此生。

我们实在看不出这和李清照的《永遇乐》有什么本质上的不同，扬彼而抑此，未免不公平。

至于李清照词在艺术上的成就，我不想再说，只补充一点：大家都知道她善于运用口语，其实她的运用口语也是有特色的，早在李清照前，词人柳永、黄庭坚、秦观等也曾运用民间口语，但她又和他们有所区别。她绝对没有用“刷扮”“唓嗽”“噷奴”“肐织”“收了孛罗罢了从来斗”等使人不解的土语。她用的口语是经过选择、提炼、加工的，像“怎一个愁字了得”“守着窗儿，独自怎生得黑”（《声声慢》），都是明白如话，一直到现在我们还能完全理解的，这些语言是造成她清新风格的重要成分，连大词人辛弃疾都一再模仿她，称之为“易安体”。可见评论李清照词的语言，单单指出她运用口语是不够的。

仅就她的词来看，在同时代的作家中，也是相当杰出的。我们知道，在张元幹等少数词人开始用词来反映爱国思想的同时，还有更多的词人如周邦彦、万俟咏、韩疁、李邴等等仍雕章琢句，用大量的“金”“翠”“脂”“粉”来粉饰词坛。李清照能扫除陈腐、晦涩的语言而代之以平易流利的语言，舍弃庸俗肤泛的描写而代之以生活的真实感受，和对事物的深细体会，虽然算不上“爱国词人”，但也可以从她的词里嗅到一些时代气息，难道就都能归入“逆流”吗？

《中国文学史》对她写爱情的词，特别是“眼波才动被人猜”“奴面不如花面好”两首，颇有责难，认为是“卖弄风骚，故作娇态的不堪画面”。这两首词是不是她作的，是另一个问题。如果肯定是她作的，也说不上什么“故作娇态”，为什么一个女孩子不可以有一些“娇态”？难道细致地描绘了少女的恋爱生活，就是“卖弄风骚”的“不堪画面”吗？其实“眼波才动被人猜”和“满堂兮美人，忽独与余兮目成”（屈原《九歌》）又有什么两样呢？而且《中国文学史》盛赞《子夜歌》“活泼可喜，情真意切”，试看其中所录的两首《子夜歌》：

宿昔不梳头，丝发被两肩，婉伸郎膝上，何处不可怜？

落日出前门，瞻瞩见子度，冶容多姿鬓，芳香已盈路。

我们也看不出这两首诗和李清照的爱情词有很大的分别。同样的内容，在民间文学，就“活泼可喜”，在李清照就“卖弄风骚”，在男作家就无所谓，在女作家就“不堪”，这总未免有欠公允吧！

总之，我认为李清照如果没有南渡后的作品，没有诗文，也不失为一个优秀的闺秀词人。而联系她的诗文，特别是南渡以后的作品来看，虽然不能有过高的评价，但应该说是一个自成一格，有相当高度的思想内容和艺术成就的杰出的作家。

刊于《光明日报》1959年5月24日《文学遗产》第261期

李清照《浯溪中兴颂碑》写作年代商榷

李清照有两首《浯溪中兴颂碑和张文潜韵》，研究李氏者都认为写作年代在北宋。张耒（字文潜）是北宋人，李氏却是跨北宋、南宋的人，两诗是否写于北宋，笔者认为尚可商榷。

唐诗人元结，曾作《中兴颂》，歌颂平定安史之乱的中兴功绩。颜真卿写了这篇颂刻在浯溪（今湖南省祁阳县西①）崖石上。张耒写了两首《读中兴颂碑》诗，李氏和了两首。

张耒原作也歌颂唐代中兴，结尾："百年废兴增叹慨，当时数子今安在？君不见，荒凉浯水弃不收，时有游人打碑卖。"张耒写此诗时，已因党祸被贬，因而感慨兴废，隐隐然告诫统治阶级不要重蹈历史覆辙！有些同志认为李氏之父是张耒好友，而且都名列党人碑，李氏和丈夫赵明诚两家都受蔡京迫害，因而李氏此诗写作时代与张耒相近，都在北宋。看来有可能。但还有没有另一种可能呢？哪一种可能性更大呢？同样的历史题材，写作时代、动机、矛头所指，不一定相同。同是

① 2021年，撤销祁阳县，设立县级祁阳市。

"借古讽今"，张耒所讽之"今"，与李氏所讽之"今"，是否相同？值得进一步思考。张耒早在"靖康之乱"前就死了，李氏却经历了这一场沉重的时代大灾难，深受国破家亡之苦。李氏卒年虽不能详考，但据黄盛璋《赵明诚、李清照年谱》，李氏卒年当在绍兴二十一年（公元1151年）以后（绍兴十一年岳飞被杀）。她的《金石录后序》记载她到南方后，一路逃难，受尽颠沛流离之苦的过程。她的闪烁着爱国思想光辉的诗文，如《夏日绝句》、《咏史》、《上枢密韩公、工部尚书胡公》（作于绍兴三年）、《打马图经序》（署年为绍兴四年十一月二十四日）等都写于宋室南渡以后。北宋时期，李氏基本上生活在书斋、闺房中，朝廷党争对赵李两家有影响，但对她本人冲击不大。因而这一时期的作品，虽然以她杰出的才华，写得清新流利，不同凡响，但基本上跳不出闺怨、离愁、吟风、弄月的圈子，主要反映在她的词中。到了南宋就不同了，她平静的闺房生活起了一百八十度的大转折，她的作品也起了重大变化。特别是能反映时代脉搏的诗多起来。作家用什么形式来反映某种题材，有他自己的自由。但由于传统的观念，和严格的声律，束缚了词的表现力，诗这一形式，无疑是更适合于反映现实中的重大问题的。李氏到了南宋后抒发爱国思想的诗多起来主要是社会原因，但与文体也有一定关系。

我们再来看李氏这两首诗：命题虽是唐代的中兴颂碑，但并未歌颂中兴，其一：指出以玄宗为首的统治集团宴安鸩毒，招致安史之乱。其后肃宗“著碑铭德”并不能长治久安。其二：上半继续揭露宴安鸩毒是祸乱之源。下半指出宫闱内部倾轧，奸人乘机弄权，“时移势去”的玄宗固然受迫害，一度“中兴”的肃宗也受挟制。诗中：“尧功舜德本如天，安用区区纪文字。”“著碑铭德真陋哉，乃令神鬼磨山崖。”（其一）“君不见惊人废兴传天宝，中兴碑上今生草。”（其二）她不但没有肯定“中兴碑”，而且再三加以揶揄，这就别开蹊径，和张耒不同了。但，这还仅仅是两诗文字表面的意义。

两诗的内在涵义又是什么呢？“胡兵忽自天上来，逆胡亦是奸雄才”（其一），“不知负国有奸雄”“奸人心魄深如崖”（其二），再三告诫：要警惕“奸雄”“奸人”，唐代的安、史、张后、李辅国，北宋的蔡京当然是奸人，但南宋的秦桧，原是金人的派遣特务（见《宋史》本传），竟博得宋高宗的宠幸，直做到太师高位，只手遮天，不惜卖国求荣，最后残酷地陷害名将岳飞，自堕长城，还打出“中兴”名臣的旗号，其奸险，较之蔡京等尤为突出。

奸人之所以能兴风作浪，当然要有机遇，有背景。其二：“时移势去真可哀，奸人心魄深如崖。西蜀万里尚能返，南内一闭何时开？”写得异常沉痛。郭、李等名将打败了安、史，玄宗还能从西蜀回来，而肃宗被李辅国、张后挟持，遂致玄宗从此幽闭于南内，再也不能见天日了。一方面，玄宗回来后，再三表示不愿再做皇帝了，以免儿子疑虑；另一方面，肃宗没有征得父亲同意，是自己即位灵武的，当然担心父亲回来责怪。父子间微妙的关系，还不是一个宝座问题！这正是李辅国、张后得以乘隙弄权的原因。北宋在靖康前，还说不上有“时移势去”的重大变故；统治集团虽有派系之争，但尚未发展为父子争位的激烈斗争。南宋的情况就不同了，宋高宗在建康即位以后，如果上下一心，励精图治，任用岳飞、韩世忠等大将，直捣黄龙，敌人未必不将被俘的徽、钦二宗放回。但统治集团内部矛盾激化，奸人居心叵测，他们就永远被幽闭于五国城了。南宋包括最高统治者在内的统治集团内部钩心斗角，较之北宋的党争更复杂、更激烈，而“时移势去”的变故，也只有徽、钦被幽囚和玄宗经过安史之乱晚年的幽闭，差可相比。把南宋和唐代的现实联系起来看，借此讽彼，不是更确切吗？

南宋外有强敌压境，而内部之争仍是宝座问题。《程史·优伶诙语》：“秦桧……赐第望仙桥，丁丑，赐银绢万匹两，……有参军（滑稽戏中的脚色）者，前褒桧功德，一伶以荷叶交椅从之，诙语杂至。宾欢既洽，参军方拱揖谢，将就椅，忽坠其幞头，乃总发为髻，如行伍之巾，后有大巾环为双叠胜（头上的装饰），伶指而问曰：此何环？曰：二胜环！遽以朴击其首曰：尔但坐太师交椅，请取银绢例物，此环掉脑后可也！一座失色，桧怒，明日下伶于狱，有死者。”“二胜环”是“二圣还”的谐音，优伶巧妙地借此讽刺秦桧将徽、钦被囚置诸脑后。讽刺的矛头也隐隐指向宋高宗。《宋史·秦桧传》记载：太学生张伯麟尝题壁曰：“夫差！尔忘越王杀而父乎！”直斥宋高宗忘记了父兄被囚之耻。这些记载说明广大人民对高宗、秦桧等一意求和，置徽、钦被囚也就是国家民族的耻辱于不顾，是非常愤恨的。而宋高宗又如何解释呢？请看：高宗就说过：“宣和皇后

（即韦后，高宗母）春秋高，朕思之，不遑宁处，屈己讲和，正为此耳。”（《宋史·韦贤妃传》）秦桧也说：“屈己议和，此人主之孝也。”（《宋史》本传）他们唱的是一个调子！把屈膝求和扮成大孝的嘴脸，他们的逻辑是：如果打过去，徽宗、钦宗、宣和皇后就要被杀，他赵构就要成为大大的不孝之人了。“可怜孝德如天大，反使将军称‘好在’”（其二），这是李氏巧妙地用反语借唐代历史故事，明是讽刺唐肃宗，实际上是讽刺宋高宗的所谓“大孝”。李氏在《上枢密韩公、工部尚书胡公》诗中，也有很深刻的揭露：“勿勒燕然铭，勿种金城柳。岂无纯孝臣，识此霜露悲？何必羹舍肉，便可车载脂。土地非所惜，玉帛如尘泥。谁当可将命？币厚辞益卑。”借皇帝之口，公然宣布：为了他的“纯孝”，要不惜一切，求得“和平”，可以与《浯溪》二首相印证。

徽宗是早就逊位钦宗的，即使回来，也不至于再来争位，但钦宗如果回来，那可成问题了。《朝野遗记》有一则：“和议成，显仁后（韦后）将还，钦庙（钦宗）挽其轮而曰：‘蹕之第与吾归，但得为太一宫主足矣！他无望于九哥（高宗）也。’后不能却，为之誓曰：‘吾先归，苟不迎若，有瞽吾目！’乃升车。既至，则是间所见大异。”这一记载说明钦宗也深知高宗怕他回来争宝座，所以说：只要做个“太乙宫主”就够了，别的是不敢希望的。高宗还公开说过：“金人若从朕请（请求让韦后回来)，余皆非所问也。”只要母亲回来，其他的人，他就不管了。甚至敌人也知道宋高宗心怀鬼胎，《宋人轶事汇编》引《谭辂》：“绍兴十三年，韦后至自金，靖康帝（钦宗）固未归也，岂当时不请耶？抑请而不遣耶？至二十二年，始遣巫伋请之，而完颜亮云：‘不知归后何处顿放！’伋唯唯而退。”“顿放”，就是宝座问题。完颜亮很清楚，高宗是不会诚心要钦宗回去的，巫伋也就唯唯否否，大家心照不宣，一阕“迎亲戏”就此收场了。

最高统治者的卑鄙心灵，以及贪生怕死的大臣们一味鼓吹和议，这就是秦桧之流得以翻云覆雨的时代背景。

唐肃宗“中兴”以后，虽然兴旺气象也没能维持多久，但肃宗毕竟收复两京，元结的《中兴颂》还是有事实根据的。宋高宗仓皇南逃，放弃了半壁江山，任父兄被囚于敌国，偏安江左，却要编出种种符应，自诩“中兴”，在建康一即位就筑起“中兴受命之坛”（《宋史·

高宗本纪》），到了秦桧得势后，更是大张旗鼓，鼓吹中兴。“进士施锷上《中兴颂》……自此颂咏导谀愈多。”（《宋史·秦桧传》）爱国志士，也包括李清照，当然对这一连串的卑鄙行为强烈反感，李氏在此时写出《浯溪》二首，不是更适合时代的节拍吗！选择了唐代作《中兴颂》，并为之立碑，这一历史题材，来讽寓南宋的鼓吹“中兴”，并为之筑坛、作“颂”，从而揭露南宋统治集团不可告人的阴私，用意非常深刻，“著碑铭德真陋哉”（其一）是画龙点睛之笔。

当然，为咏古而咏古，泛写历史题材的作品，也是有的。但李氏两诗写得如此沉郁愤慨，不像是泛泛之作。第一首说：“子仪、光弼不自猜，天心悔祸人心开。夏为殷鉴当深戒，简策汗青今具在。”第二首说：“时移势去真可哀，奸人心魄深如崖。”大将们为了一个目标，收复失地，还我河山，团结一致。天心要弭祸，人心可用，岳飞等取得朱仙镇大捷正证明如此。然而与此同时，奸人之心不可测，大搞阴谋诡计，致使天心、人心都无可奈何，无法挽回大局，眼看一幕幕丧权辱国的丑剧不断演出，还吹嘘“中兴”，李清照对“中兴”痛心疾首，才能写得如此沉痛，能说是泛泛之作吗？我认为李氏借“中兴颂”之名，写“中兴讽”之实，文笔曲折，而用意深刻，有其不得已的苦衷。

明代文徵明有一首《满江红·题宋思陵与岳武穆手敕墨本》词：“拂拭残碑，敕飞字依然堪读，慨当初倚飞何重，后来何酷！果是功成身合死，可怜事去言难续。最无辜堪恨更堪怜，风波狱！　　岂不念中原蹙？岂不惜徽、钦辱？但徽、钦既返，此身何属！千古休谈南渡错，当时自怕中原复。笑区区一桧亦何能，逢其欲！”就直诛宋高宗之心，而秦桧之流，正是逢迎了高宗意图，与之狼狈为奸。文徵明是明代人，当然无所顾忌，词意很显豁。李清照是当代人，目睹大批主张恢复中原的爱国志士纷纷被斥逐、镇压，不得不有所顾虑，借历史题材，曲折地讽寓现实，这是时代特征所决定的。最后“呜呼！奴辈乃不能道：‘辅国用事张后尊。’乃能念：‘春荠长安作斤卖。’”（其二）就是借高力士之口，抒发了不敢公开揭露宫闱内部黑暗之痛，以及只能缅怀故国、无可奈何的心情。

《宋史·秦桧传》说：“桧阴险如崖阱，深阻竟叵测。”这是历史对秦桧的笔伐，也可作为“奸人心魄深如崖”的注脚。而“奸人”之所以能得逞，又绝非偶然。理解这一点，李诗的矛头所向就不难明确了。看来，两诗的写作时代至迟当在南宋秦桧得势以后。

刊于《杭州大学学报》1987年第17卷第2期

《上内翰綦公(崇礼)启》质疑

关于李清照改嫁张汝舟之说，历来有争论。或者骂她："晚节不终，流荡无归。"或者说："以一个五十多岁的老命妇，不可能做出这样伤风败俗的事。"绝大多数人站在封建卫道立场，对她横加指斥。其实改嫁与否，丝毫不影响她在文学史上卓越的地位，何况在她全部作品：诗、文、词中（那篇《上内翰綦公（崇礼）启》除外，以下简称《启》），看不出有关她改嫁后受到种种虐待、迫害，甚至下狱等等的痛苦描述。我认为评价李氏主要应依据她自己的作品，改嫁与否可以不必涉及，当然更无须纠缠不休的。

《启》见于南宋赵彦卫《云麓漫抄》，描述她改嫁后受后夫迫害，很详细具体，署名"清照启"，当然是证明她确实改嫁过的有力资料。对此文的真伪，历来各执一词，众说纷纭。但此文确有不少可疑之处，笔者无意于否定李氏曾经改嫁，但发现疑点，也应提出。

如文中云："岂惟贾生羞绛、灌为侪，何啻老子与韩非同传?"《史记》有《屈原贾生列传》，贾生即贾谊，但传中并无"羞绛、灌为侪"语。而《史记·淮阴侯列传》则说韩信失意后“居常鞅鞅（怏怏），羞与绛、灌等列”。绛，即绛侯周勃，灌，是灌婴，都是韩信平时看不起的人，所以羞与他们为伍。这是韩信的故事，也是文人常用的故事。以李氏之淹博，何至将贾谊与韩信混淆，张冠李戴，深为可疑。

又如《启》云：“奉天克复，本缘陆贽之词；淮蔡底平，实以会昌之诏。”这四句两两相对，用意相同，都是颂扬綦崇礼能代皇帝写诏书，发挥了平乱的功能。《宋史》本传，也说綦擅长写诏书，这是有根据的。擅长写诏书，竟能平乱，当是夸大之词，这里姑且不论。但后两句用典，却又弄错了。唐宪宗时，淮西节度使李希烈、蔡州刺史吴元济叛变，元和（宪宗年号）十二年（817）均被讨平。（见《旧唐书·李希烈、吴少诚附吴元济传》），而“会昌”却是唐武宗年号，会昌仅有六年（841—846），在元和后二十余年，根本无平淮、蔡事，怎能拉在一起呢？显然也是误用。李氏是否会将这样常识性的典故弄错？当然也是可疑的。

再如《启》云：“局地叩天，敢效谈娘之善诉；升堂入室，素非李赤之甘心。”“谈娘”即唐崔令钦《教坊记》中之“踏谣娘”，也是乐舞节目。《教坊记》云，北齐人苏某酒醉“辄殴其妻。妻衔悲，诉于邻里。时人弄之。丈夫著妇人衣，徐行入场，行歌，每一叠（重叠一遍），旁人齐声和之云：‘踏谣，和来！踏谣娘苦，和来！’以其且步且歌，故谓之‘踏谣’……及其夫至，则作殴斗之状，以为笑乐”。“谈”当是“踏谣”的音转。谈娘被丈夫殴打，本应是群众同情的人，但后来演变为乐舞，踏谣娘成了歌舞伎，成为群众以为“笑乐”的角色。李氏以谈娘自比，是否妥当，值得怀疑。

以上略举《启》疑点，仅供参考，以俟高明。

盛静霞于杭州

1993年8月30日

手稿

《〈易安居士事辑〉后语》跋

俞理初谓易安嫁年为元符二年（1099），遂谓绍兴二年（1132）作《（金石录）后序》；案之《后序》及洪氏《（容斋）随笔》皆不合，夏（承焘）师与吴庠先生辨之审矣。至《后序》署年一条，疑窦滋多，诚有如吴君所辨者。窃谓易安嫁年十八，在建中辛巳（1101）；作序五十二，在绍兴五年（1135）；据《后序》本文，及洪氏《随笔》首言建中辛巳，末言时年五十二，盖无可疑。吴君谓“意或易安元稿，洪氏见时，署年尚存。后经传录遗脱，好事者以序中述事止于壬子（1132），遂意造此署年一行，而不知与序中之语不符，又乖谬迭出”。其说最为可通。盖所造署年一行，备及岁、月、朔、日。云绍兴二年玄黓者，壬子岁（1132）也；壮月者，八月也；甲寅者，二十七日也；云朔者，朔上本当有干支，造时不省忆，偶空之也。四者次序井然，非可移易。亭林所见本作“牡丹朔”，亦由空缺而误耳，不得如夏（承焘）师为移易其次第之借口也。容斋所见署年原文，今不得知（以《打马图经序》亦记年月例之，则《后序》当亦有之）。意或仅用岁阳岁名以记年，而不书五年，洪氏推算偶差，因误五年作四年耳。至“易安室”一条，吴先生疑其难解，然易安他文亦颇有之，《打马图经序》称“易安室序”，一也；《上枢密韩公》诗序云：“有易安室者，父祖皆出韩公门下”云云，二也。然则造作署年之人，第亦仿易安他文为之，未得全谓为非也。姑记于末，以俟更考云。

蒋礼鸿、盛静霞

引自夏承焘《题〈易安居士事辑后语〉之后》,《唐宋词论丛》,《夏承焘集》第二册,浙江古籍出版社、浙江教育出版社1997年版

李清照生平

李清照年表

宋神宗元丰七年甲子（1084）一岁

父李格非，“苏门后四学士”之一，官至礼部员外郎。母王氏，宰相王珪之女。

宋徽宗建中靖国元年辛巳（1101）十八岁

适东武赵明诚。明诚为吏部侍郎赵挺之幼子，时二十一岁，在汴京太学做学生，有兄存诚、思诚。

两人婚后琴瑟和谐，共同收集金石书画。

崇宁元年壬午（1102）十九岁

五月，赵挺之自试吏部尚书、兼侍读、修国史、编修国朝会要，迁中大夫，除尚书右丞。

八月，赵挺之除尚书左丞。

九月，宋廷定元祐党籍，李格非名列其中而遭罢官。

李清照上诗赵挺之救父，有句云："何况人间父子情！"

崇宁二宁癸未（1103）二十岁

四月，赵挺之自中大夫、尚书左丞除中书侍郎。

九月，各地立《元祐党籍碑》。

本年赵明诚出仕。

崇宁三年甲申（1104）二十一岁

六月，诏重定元祐、元符党人及上书邪等事者，合为一籍，通三百九人，刻石朝堂。李格非名在余官第二十六人。

九月，赵挺之自右光禄大夫、中书侍郎除门下侍郎。

崇宁四年乙酉（1105）二十二岁

三月，赵挺之自门下侍郎授右银青光禄大夫、尚书右仆射兼中书侍郎。

李清照献诗赵挺之，有句云："炙手可热心可寒。"

六月，赵挺之罢右仆射，授金紫光禄大夫、观文殿大学士、中太一宫使。皇帝赐第汴京府司巷。

十月，赵明诚授鸿胪少卿。

崇宁五年丙戌（1106）二十三岁

正月，彗星出西方，宋徽宗以为不祥之兆，诏令毁《元祐党籍碑》，叙复元祐党人。

二月，赵挺之授特进光禄大夫、尚书右仆射兼中书侍郎。

大观元年丁亥（1107）二十四岁

三月，赵挺之罢右仆射，授特进、观文殿大学士、佑神观使。后五日卒，年六十八。赠司徒，官给葬事，谥清宪。

七月，故观文殿大学士、特进、赠司徒赵挺之，追所赠司徒，落观文殿大学士。

秋，赵明诚、李清照屏居青州。夫妇二人在青州屡获珍贵书籍、金石文物，于归来堂起大橱度藏，并相对赏玩。

大观二年戊子（1108）二十五岁

李清照有《如梦令》（常记溪亭日暮）词记济南城西溪亭之游，或在本年。

大观三年己丑（1109）二十六岁

九月十三日，赵明诚游长清县灵岩寺。李清照《凤凰台上忆吹箫》（香冷金猊）词或作于此时。

大观四年庚寅（1110）二十七岁

李清照仍居青州，《浣溪沙》（小院闲窗春色深）词当作于本年前后。

政和元年辛卯（1111）二十八岁

五月，诏除落观文殿大学士、特进、赠太师赵挺之责降指挥，从其妻秦国太夫人郭氏奏乞也。

政和四年甲午（1114）三十一岁

秋，赵明诚题《易安居士画像》，题云："易安居士三十一岁之照。清丽其词，端庄其品，归去来兮，真堪偕隐。政和甲午新秋，德父题于归来堂。"

政和七年丁酉（1117）三十四岁

九月十日，刘跂为赵明诚编《金石录》作《后序》。

赵明诚自序《金石录》。

宣和三年（1121）三十八岁

赵明诚起知莱州。

秋，李清照自青州赴莱州，途经昌乐，有《蝶恋花》（泪湿罗衣脂粉满）词寄旧馆姐妹。

八月十日，李清照到莱州，有《感怀》诗。

宣和六年（1124）四十一岁

赵明诚知淄州，李清照随往。

宣和七年（1125）四十二岁

十二月二日，诏朝散郎权发遣淄州赵明诚职事修举，可特除直秘阁。

宋钦宗靖康元年丙午（1126）四十三岁

夏，赵明诚、李清照共赏唐白居易书《楞严经》。

赵明诚以斩获逋卒功转一官，许景衡草制。

十一月，金人进逼，汴京陷落。

宋钦宗靖康二年、宋高宗建炎元年（1127）四十四岁

金人俘徽宗、钦宗北去，北宋灭亡，史称“靖康之变”。

三月，赵明诚奔母丧南下江宁。

五月，康王赵构即皇帝位，改元建炎。

七月，诏起复直龙图阁赵明诚知江宁府，兼江东经制副使。

李清照离开青州，载书十五车南下，渡淮，过江，赴江宁。

十二月，青州兵变，杀知州曾孝序。赵明诚、李清照家存青州书物十余屋皆为煨烬。

建炎二年戊申（1128）四十五岁

春，李清照抵达江宁。

谢伋携唐阎立本所绘《萧翼赚兰亭图》至建康，赵明诚借去不归。

李清照作二诗，分别有句云：“南渡衣冠少王导，北来消息欠刘琨。”“南来尚怯吴江冷，北狩应悲易水寒。”

建炎三年己酉（1129）四十六岁

三月，赵明诚罢守江宁，具舟西上。

夏，舟经乌江，李清照有绝句：“生当作人杰，死亦为鬼雄。至今思项羽，不肯过江东。”凭吊项羽，讽刺现实。

高宗由杭州至江宁，驻跸神霄宫，改江宁府为建康府。

五月，至池阳，赵明诚被旨知湖州。

六月十三日，赵明诚驻家池阳，独赴行在（建康）。

七月末，李清照闻赵明诚病，自池阳解舟赴建康。

八月十八日，赵明诚卒于建康，年四十九。李清照为文以祭，旋葬之。

闰八月，御医王继先以黄金三百两从赵明诚家市古器，赵明诚姨兄谢克家奏止之。

金兵南下，高宗自建康逃往浙西。

李清照大病一场。遣故吏将赵明诚遗留之书籍、金石刻及其他长物往投洪州赵氏妹婿李擢处。

十一月，李清照舅父王仲山、王仲嶷分别以抚州、袁州城降金。同月，洪州陷落，赵氏连舻渡江之书散为云烟。

李清照携古铜器赴外廷投进，一路追随高宗踪迹。至越州，旋往台州。

冬，黄大舆编成《梅苑》，其中收李清照词《孤雁儿》（藤床纸帐朝眠起）、《满庭芳》（小阁藏春）、《玉楼春》（红酥肯放琼苞碎）、《渔家傲》（雪里已知春信至）、《清平乐》（年年雪里）、殢人娇（玉瘦香浓）等六阕。

建炎四年庚戌（1130）四十七岁

春，李清照追随高宗辗转浙东一带，到过温州、越州等地。在明州尝散落书画。

十二月，李清照至衢州。

绍兴元年辛亥（1131）四十八岁

正月，高宗在越州，改元绍兴。

三月，李清照赴越州，书画砚墨五簏被盗。

十月，升越州为绍兴府。

绍兴二年壬子（1132）四十九岁

正月，高宗离开绍兴府，至临安。

春，李清照赴临安。

三月，李清照作“露花倒影柳三变，桂子飘香张九成”之联嘲新进士张九成。

夏，李清照再适张汝舟。

九月，李清照讼后夫张汝舟妄增举数入官，诏张除名，柳州编管。

李清照作启谢翰林学士綦崇礼。

十一月二十三日，诏从泉州故相赵挺之家取《国史实录》善本。

绍兴三年癸丑（1133）五十岁

五月，韩肖胄充金国军前通问使。李清照有《上枢密公、工部尚书胡公》。

绍兴四年甲寅（1134）五十一岁

八月，李清照作《金石录后序》。

九月，金人与伪齐合兵来犯。

十月，高宗决策御驾亲征。

李清照避兵金华，卜居陈氏第。

十一月二十四日，李清照在金华成《打马图经》并作序。

十二月，金人退兵。

绍兴五年乙卯（1135）五十二岁

春，李清照在金华，有《武陵春》（风住尘香花已尽）词，又作《题八咏楼》诗。

五月三日，诏令婺州取索赵明诚家藏《哲宗实录》。

未几，李清照返回临安，此后晚年一直寓居于此。

绍兴六年丙辰（1136）五十三岁

正月，申命给事中、中书舍人甄别元祐党籍。因宋高宗开党禁，优恤褒赠元祐党人，遂有冒籍党人事，因而派人甄别。

绍兴七年丁巳（1137）五十四岁

十月，中书舍人赵思诚充宝文阁待制，知南剑州。

绍兴八年戊午（1138）五十五岁

三月十五日，张琰德序李格非《洛阳名园记》，中云："女适赵相挺之子，亦能诗，上赵相救其父云：'何况人间父子情！'识者哀之。"

绍兴九年己未（1139）五十六岁

李清照《永遇乐》（落日熔金）词或作于本年。

绍兴十年庚申（1140）五十七岁

朱弁作《风月堂诗话》，载有李清照诗句，称："赵明诚妻，李格非女也。善属文，于诗尤工，晁无咎多对士大夫称之。"

绍兴十一年辛酉（1141）五十八岁

五月，谢伋作《四六谈麈》，载有李清照《祭赵湖州文》断句。

绍兴十二年壬戌（1142）五十九岁

綦崇礼卒，年六十。

绍兴十三年癸亥（1143）六十岁

四月，李清照撰《端午帖子词》。

绍兴十六年丙寅（1146）六十三岁

正月十五日，曾慥《乐府雅词》成，该书收录李清照词二十三阕。

绍兴十七年丁卯（1147）六十四岁

五月，宝文阁待制、提举江州太平观赵思诚卒。

绍兴十八年戊辰（1148）六十五岁

八月十五日，胡仔为《苕溪渔隐丛话》前集作序，该书录有李清照词，并记载其再嫁反目，作启与綦崇礼事。

绍兴十九年己巳（1149）六十六岁

三月十六日，王灼《碧鸡漫志》成，其中评骘李清照，贬多于褒。

绍兴二十年庚午（1150）六十七岁

本年前后，李清照访米友仁，为米芾二帖求跋。

绍兴二十一年辛未至约二十五年乙亥（1151—1155）六十八至约七十二岁

李清照表上《金石录》于朝。

李清照欲以其学传孙氏女，孙氏女其时十余岁，谢不可，曰："才藻非女子事也。"

李清照卒，年七十二左右。

李清照交游图

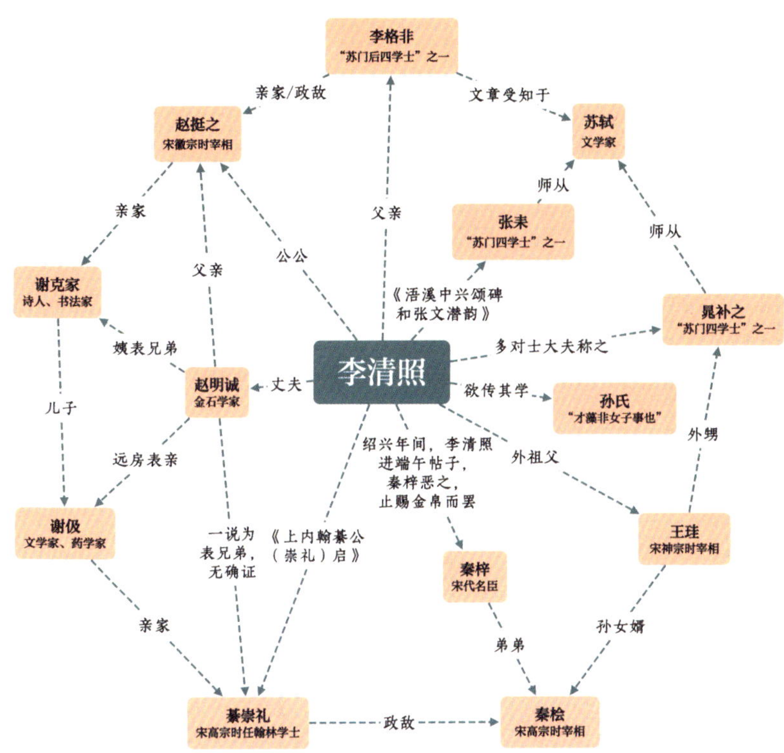

李格非
"苏门后四学士"之一
亲家/政敌
文章受知于
赵挺之
宋徽宗时宰相
苏轼
文学家
师从
亲家
张耒
"苏门四学士"之一
父亲
公公
父亲
师从
谢克家
诗人、书法家
《浯溪中兴颂碑
和张文潜韵》
晁补之
"苏门四学士"之一
多对士大夫称之
姨表兄弟
李清照
赵明诚
金石学家
丈夫
欲传其学
孙氏
"才藻非女子事也"
儿子
外甥
远房表亲
绍兴年间，李清照
进端午帖子，
秦梓恶之，
止赐金帛而罢
外祖父
谢伋
文学家、药学家
一说为
表兄弟，
无确证
《上内翰綦公
（崇礼）启》
王珪
宋神宗时宰相
秦梓
宋代名臣
亲家
弟弟
孙女婿
綦崇礼
宋高宗时任翰林学士
政敌
秦桧
宋高宗时宰相

李清照评点图

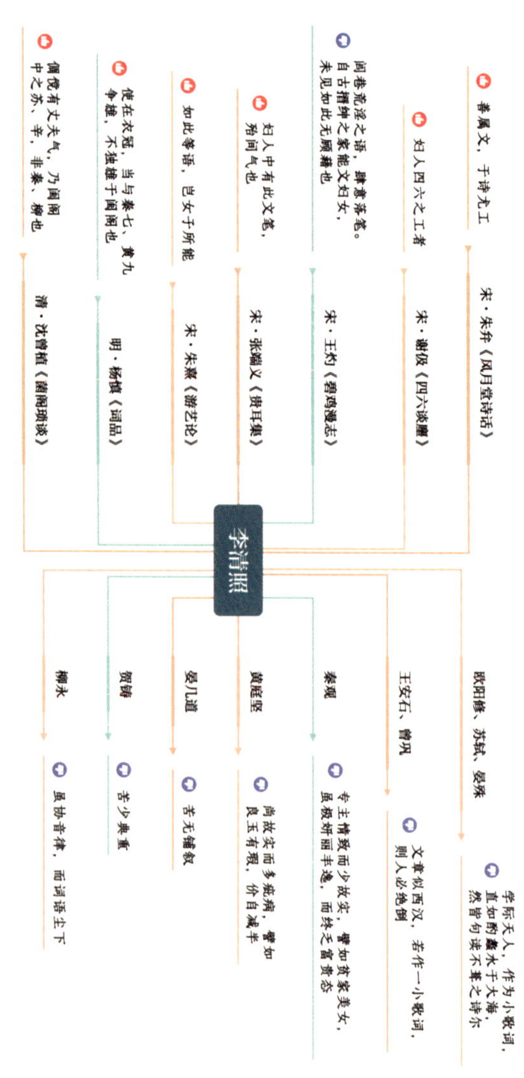

李清照
宋·朱弁《风月堂诗话》
善属文，于诗尤工
宋·谢伋《四六谈麈》
妇人四六之工者
宋·王灼《碧鸡漫志》
闾巷荒淫之语，肆意落笔。
自古搢绅之家能文妇女，
未见如此无顾藉也
宋·张端义《贵耳集》
妇人中有此文笔，
殆间气也
宋·朱熹《游艺论》
如此等语，岂女子所能
明·杨慎《词品》
使在衣冠，当与秦七、黄九
争雄，不独雄于闺阁也
清·沈曾植《菌阁琐谈》
倜傥有丈夫气，乃闺阁
中之苏、辛，非秦、柳也
欧阳修、苏轼、晏殊
学际天人，作为小歌词，
直如酌蠡水于大海，
然皆句读不葺之诗尔
王安石、曾巩
文章似西汉，若作一小歌词，
则人必绝倒
秦观
专主情致而少故实，譬如贫家美女，
虽极妍丽丰逸，而终乏富贵态
黄庭坚
尚故实而多疵病，譬如
良玉有瑕，价自减半
晏几道
苦无铺叙
贺铸
苦少典重
柳永
虽协音律，而词语尘下